Renan Demirkan (Hrsg.)

Der Mond, der Kühlschrank und ich

Heimkinder erzählen

Kiepenheuer & Witsch

Das Gedicht auf Seite 20 hat Jenny im Repertoire
ihrer Lieblingsband gefunden...
Mit freundlicher Genehmigung von Campino, Die Toten Hosen

Originalausgabe
2. Auflage 2001

Umschlaggestaltung: Barbara Thoben, Köln
Umschlagfoto: © GettyOne Stone
Satz: Kalle Giese, Overath
Druck und Bindearbeiten: Clausen & Bosse, Leck
ISBN 3-462-03010-8

Inhalt

Liebe Mädchen und Jungen, liebe Leserschaft, vielleicht fragen sich einige von Euch, von Ihnen, wer braucht denn so ein Buch? Warum Geschichten von Heimkindern? Was können die uns erzählen, was wir nicht schon wissen?

Ich will mich an einer Antwort versuchen, will auch eine Geschichte erzählen, will von einer Kinder-Wirklichkeit berichten, die unsichtbar ist, von einem verstellten Leben, das von Anfang an ausgeliefert ist in die Hände vermeintlicher Eltern, lautlos, ohne die geringste Chance, sich wehren zu können.

Es ist schon fast eine Ewigkeit her, aber ich zittere noch immer bei jedem Gedanken an diese Erinnerung.

Ich war kurz vor dem Abitur, da sprach mich in einer Kneipe eine Frau an. Etwa 30 und im vierten Monat schwanger. Der Kellner hatte gerade die letzte Runde angekündigt, und draußen war es kalt, Winter.

»Kann ich heute Nacht bei dir schlafen?«, fragte sie. Ihr ›Typ‹ sei im Knast, und sie hätte keine Bleibe. »Und mit dem Kind im Bauch kann ich nicht überall hin.«

Ich weiß bis heute nicht, warum sie sich ausgerechnet mich ausgeguckt hatte. Ich kannte sie nicht. Sie war mir einmal in einer WG begegnet. Aber ich sagte trotzdem ja, dachte, für eine Nacht, da ist doch nichts dabei.

Am nächsten Morgen verließ ich früh um sieben meine Wohnung. Ich musste ja in die Schule und bat sie, wenn sie ausgeschlafen hat, einfach die Tür hinter sich zuzuziehn.

Das war damals so. Ich war da keine Ausnahme. Das heißt, in meinem Alter war man so, ohne Argwohn. Weshalb auch, weder hatte ich einen Besitz noch andere Kostbarkeiten, um die ich mich hätte ängstigen müssen. Meine Garderobe hätte ihr nicht gepasst, meine Bücher brauchte sie nicht. Jedoch hatte ich ein Dach über dem Kopf und sie ein Kind im Bauch, und sich zu helfen war damals Zeitgeist. O.k.

Nicht so o.k. war es, als sie am Nachmittag noch immer im Bett lag, und am nächsten Tag auch noch und auch noch die weiteren Tage und Wochen und schließlich auch noch die restlichen Monate bis zu ihrer Entbindung, im Sommer.

Irgendwann hatte ich es aufgegeben, ihre Sachen vor die Tür zu stellen. Jedesmal bekam ich Gewissensbisse, wenn sie auf ihren immer größer werdenden Bauch zeigte.

Dann fingen meine Schwierigkeiten mit dem Abi an, und ich hätte arbeiten müssen, konnte es aber nicht. In meiner Wohnung war kein Platz mehr für mich. Da gingen ständig irgendwelche Männer ein und aus, hinterließen volle Aschenbecher und Hunderte von leeren Schnapsflaschen.

Es seien Freunde, sagte sie. Etwas anderes wäre mir nie in den Sinn gekommen. Ständig jammerte sie, ihrem ›Schicksal‹ so allein ausgeliefert zu sein. Einmal wurde ich wütend: »Mit Schicksal hat das nichts zu tun«, sagte ich. »Jeder Mensch hat die Wahl, sich zu entscheiden, für oder gegen etwas, und man muss dann auch die Konsequenzen tragen. Und du hast dich für das Kind entschieden, also hör auf mit der Sauferei!«

Da schrie sie zurück, wie so oft volltrunken, mit zwei Zigaretten in der Hand, eine rauchte sie, die andere hielt sie bereit: »Dieses Kind *ist* mein Schicksal, und ich *muss* es kriegen! Das erste sollte eben nicht sein. Du verstehst das nicht.«

Ihre Eltern hatten ihr das Sorgerecht für das mittlerweile fünfjährige erste Kind entzogen, weil sie Alkoholikerin war.

Die Geburt verlief ohne Komplikationen, und das Mädchen war, wie durch ein Wunder, kerngesund. Das Sozialamt stellte der Mutter sofort eine eigene Wohnung zur Verfügung, in die sie direkt vom Krankenhaus aus einziehen konnte.

Irgendwann, nach vielleicht einem halben Jahr, es wurde

schon wieder kalt draußen, habe ich sie dann nach längerem Zögern besucht.

Mit einer Mischung aus Neugier und Sorge klingelte ich. Es dauerte, bis die Tür aufgedrückt wurde.

Ich ging durch das feuchte Treppenhaus zu der Parterrewohnung, die Tür war angelehnt: »Komm rein«, hörte ich von innen, »und mach die Tür zu, hier wimmelt es nur so von Pennern!«

Kaum, dass ich eingetreten war, zog mich eine Hand in einen abgedunkelten Raum. Der Klang der Schritte hallte noch etwas nach. Durch eine brüchige Holzjalousie tröpfelte das matte Winterlicht vom Hinterhof, das allmählich einige Kritzeleien an den grauen Wänden sichtbar werden ließ, ein Matratzenlager ohne Bezug, einen Haufen Kleidungsstücke auf dem Boden und eine völlig verwahrloste Frau.

»Das ist meine Höhle«, sagte sie und zeigte an die Decke, da hingen Stofffetzen herab, wie überdimensionale Fledermäuse.

»Schön, nicht? Selbst gemacht, war ja mal Dekorateurin ...«, und sie zog mich gleich weiter ins Badezimmer, knipste das Licht an: »Na, was sagste?«

Ich sagte nichts. Ich konnte nichts sagen. Mir fiel nichts ein, kein einziges Wort. Ich kannte diesen Zustand noch nicht, so außerhalb der mir bekannten Gegenwart, ohne irgendeinen vergleichbaren Bezug.

Ich sah dutzende verfilzte, gelockte, strähnige, blonde, schwarze, brünette, kurze und lange Büschel da herumliegen, einige hingen an Haken oder steckten noch in der Waschmaschine, wie eine Invasion mutierter Ungeziefer.

»Das alles bin ich, für jeden Kunden eine andere«, sagte sie und griff euphorisch in eine der herumliegenden Perücken und setzte sich eine rote auf. Immer noch fiel mir nichts dazu ein. Dann endlich formte sich ein Satz: »Und die Kleine? Wo ist denn das Kind?«

Sie riss die Perücke herunter, schmiss sie in die Wanne, schaltete das Licht aus und zog mich quer durch den Raum in die andere Ecke des Zimmers zu einer Tür. Sie stieß sie so laut auf, dass ich erschrak, als ich das kleine Gitterbettchen sah, dachte, das Kind würde gleich aus dem Schlaf geschreckt, laut aufschreien. Aber es schlief. Unbekümmert und tief. Bewegungslos, wie tot. Unwillkürlich beugte ich mich zu dem kleinen Mädchen mit den langen, dunkeln Wimpern und küsste sie auf die Stirn. Sie atmete, war warm und lebendig. Gott sei Dank! Aber in welch einer Umgebung: eine Besenkammer ohne Fenster, kahle, graue Wände. Es roch nach Blei.

»Hier kommt sie nur rein, wenn ich Besuch habe«, hörte ich, als ich mit einem Ruck aus dem Raum weggezogen wurde, »und du musst jetzt gehen, ich erwarte jemanden.«

Ich begriff es zwar immer noch nicht wirklich, aber ich ahnte, was da vor sich ging. »Was machst du, wenn sie wach wird«, fragte ich, »was machst du dann?«

Aber sie wiegelte ab, zog mich weiter durch das Zimmer zur Haustür hin. »Die wird nicht wach. Ich geb der ne viertel Valium 5, und die schläft den ganzen Tag durch und, wenn's sein muss, auch die ganze Nacht!«

Was immer ich auch getan hätte und nicht getan habe, ich habe mich schuldig gemacht. Ich habe nächtelang, tagelang, über Monate hinweg, mit Freunden und Verwandten gesprochen, aber ich bin nicht zum Jugendamt gegangen. Ich wusste, wenn ihr nun auch das zweite Kind weggenommen wird, wird sie gleich wieder schwanger. Nach zwei, drei Monaten wollte ich mit ihr reden, aber sie war weggezogen.

Nach vielleicht vier Jahren sah ich sie auf der Fußgängerzone wieder. Sie war in einem entsetzlichen Zustand, das Mädchen aber schien mir, von der anderen Straßenseite aus gesehen, gesund und fröhlich, hüpfte wie alle anderen Kinder um die kleinen Wippschaukeln, lachte. Für einen Moment war ich erleichtert.

Später, gegen Ende meines Studiums, habe ich für kurze Zeit als Aushilfsnachtwache gearbeitet, in einem Heim für sogenannte schwererziehbare Kinder. In jedem der Kinder, die ich dort erlebte, suchte ich dieses kleine Mädchen mit den langen, dunklen Wimpern, starr vor Angst, dass sie wirklich dabei sein könnte.

Dieses Buch ist nun, nach mehr als zwanzig Jahren sich kreisender Erinnerungen, der Versuch, den unendlich vielen sichtbaren und unsichtbaren Verletzungen der Heimkinder eine Matrix zu sein, durch die die Erwachsenen in ihre eigene Schuld sehen können. Ob sie nun mittelbar oder unmittelbar Schuldige sind, als Eltern, Verwandte oder Nachbarn.

Wir sind es.

Und wir müssen aufhören zu klagen und zu jammern, Rechtfertigungen zu suchen, warum wir es nicht besser verstanden haben. Wir haben die Pflicht, es besser zu tun!

Die Kinder leiden. Und das muss aufhören!

Werdende Mütter und Väter müssen aktiv begleitet und beraten werden. Sie brauchen psychosoziale Gespräche. Und in kritischen Fällen sollten sie im Interesse der wehrlosen Kinder von einer Familienbehörde oder dem Kinderschutzbund beobachtet werden.

Eltern, die ihre Kinder missbrauchen, *müssen* in jedem Fall strafrechtlich belangt und verurteilt werden! Und damit meine ich *jede Form* des Missbrauchs, wie zum Beispiel jene Gewalt und Folter, die uns hier in diesem Buch so oft beschrieben werden, die bei Verwahrlosung beginnt, Schläge und Demütigung sowie jede andere Nichtachtung der menschlichen Würde mit einschließt.

Es ist gut und richtig, die Kinder aus diesen sogenannten Elternhäusern zu nehmen, in denen sie seelisch und körperlich verstümmelt werden, aber es ist mir unverständlich, warum die elterlichen Täter nicht gleichzeitig gesellschaftlich geächtet und politisch und juristisch wie Verbrecher behandelt werden. Denn sie sind es. Sie verstoßen täglich gegen Artikel 1 der deutschen Verfassung und der internationalen Menschenrechte: Die Würde des Menschen ist unantastbar. Außerdem sind diese Väter und Mütter in der Regel Gewohnheitstäter, die es nicht lassen können, ihren Frust und Unmut an Kindern abzureagieren. Rettet man eins der Kinder, vergreifen sie sich am nächsten oder zeugen aus Trotz noch eins.

Aber Kinder sind kein Eigentum. »Sie sind Töchter und Söhne der Sehnsucht des Lebens nach sich selbst«, sagt ein arabisches Sprichwort.

Es muss aufhören, dass mitten unter uns Kinder ihr Leben fristen wie blinde Passagiere, unsichtbar und rechtlos. Jedoch sind Kinderrechte vor allem und zuerst Erwachsenen*pflichten*.

Und das ureigenste Recht der Kinder ist unsere bedingungslose Liebe und Fürsorge, unsere Verantwortung und unser Respekt vor ihrem Leben. Sie sind eine Leihgabe der Zukunft.

Damit betroffenen Kindern der komplizierte Weg zu den offiziellen Stellen erleichtert wird, sie schneller und vor allem unbürokratischer und direkter ihren Kummer erzählen können, wünsche ich mir eine feste Einrichtung in den Schulen, ein »Kinderbüro« mit einer Fachkraft, die sowohl unmittelbar reagieren als auch die Kinder begleiten kann. Aus meiner Erfahrung weiß ich, dass der Vertrauenslehrer bei familiären Konflikten gemieden wird, um das Persönliche und das Schulische nicht miteinander zu vermischen.

Aber ein »Kinderbüro« wäre eine unabhängige Anlaufstelle, eingebunden in die alltägliche, vertraute Umgebung.

Ich möchte allen Mädchen und Jungen dafür danken, dass sie uns etwas von sich geschenkt haben, dass sie uns Geschichten erzählt haben aus ihrem Leben und uns sogar einen Blick in ihre Träume gewähren lassen. Ich danke Euch für Euer Vertrauen.

Renan Demirkan, im Februar 2001

Danksagung

Während der Arbeit an diesem Buch standen wir mit zahlreichen ErzieherInnen, BetreuerInnen, PädagogInnen, HeimleiterInnen, Kinderdorf- und Kinderhauseltern in Kontakt. Ohne ihre vielfältige Hilfe, Anregung und Unterstützung und vor allem ohne ihre Motivation der Kinder und Jugendlichen vor Ort wäre dieses Buch nicht zustande gekommen.

Für Unterstützung und Hilfe danken wir auch:
• dem Kulturamt der Stadt Köln
• dem Landesjugendamt im Landschaftsverband Rheinland
• und dem Jugendamt der Stadt Köln

Yvonne, 15 Jahre

Heimleben ist gar nicht so schlimm, wie manche denken

Viele Leute denken, wir schlafen in großen Sälen alle zusammen oder wir hätten Gitter vor den Fenstern. Leute, die das meinen, sollen sich doch einfach mal meine Gruppe oder eine andere anschauen.

Ganz im Gegenteil: Wir sind acht Kinder in der Gruppe, und fast alle haben ein Einzelzimmer. Ich hab' auch eins. Es arbeiten fünf Erzieher bei uns in der Gruppe im Schichtdienst.

Ich lebe schon seit ca. acht Jahren im Heim und bin glücklich, hier zu sein. Da ich bei meinen Eltern nicht leben kann, kann ich mir nichts Besseres wünschen, als hier zu wohnen, obwohl ich meine Mutter und meinen Vater sehr vermisse.

Ich habe hier tolle Freunde gefunden, die auch Probleme zu Hause haben und deshalb hier leben. Ganz besonders toll finde ich, dass wir zwei Ponys auf dem Gelände haben, die ich so ins Herz geschlossen habe, dass ich immer sage: »Die sind mein Ein und Alles.« Einen süßen Hasen namens Babe darf ich auch halten. Alles das hätte ich zu Hause nicht, weil meine Eltern mir dies nicht bieten könnten. Trotzdem liebe ich meine Eltern.

Viele Menschen wissen nicht, dass »Heimleben« ganz normal ist und dass wir es manchmal noch besser haben als manche Kinder bei ihren Eltern. Außerdem sind wir »Heimkinder« genauso wie andere Kinder und haben die gleichen Gefühle, nur eine andere Vergangenheit, für die wir nichts können.

Jennifer, 14 Jahre

Ich finde Heim klasse

Ich bin 14 Jahre alt und heiße Jennifer.
Ich lebe seit ca. einem Jahr im Kinderheim.
Ich habe viel Schreckliches über Heime gehört und
war gespannt, als ich das erste Mal hierher gekommen bin. Alles war nicht so schlimm, wie ich
gedacht hatte. Ich lebte mich schnell in die Gruppe
ein, fuhr mit ihr auf Ferienfahrt und lernte dort
meine beste Freundin kennen.
Ich finde Heim klasse, weil man hier so viele
Sachen machen kann. Zum Beispiel haben wir
zwei Ponys, die Carlo und Felix heißen. Auf die
passen viele Leute auf, aber am meisten ich und
meine beste Freundin. Die mag genauso gern
Pferde wie ich.
Wir haben eine Freizeitpädagogin, die viel mit uns
macht. Sie ist für den Freizeitbereich zuständig.
Wir haben auch eine Kletterwand und einen
Jugendraum. Dort kann man auch Billard spielen.
In jeder Gruppe steht ein PC.
Und das habe ich fast vergessen: unsere Erzieher,
die sind superklasse!

P.S.: Ich habe auch sehr viele Freunde im Heim gefunden.

Christoph, 14 Jahre

Ich heiße Christoph und wohne in N. in der Wohngruppe G2. Ich finde meinen Vater schön. Schon lange lebe ich nicht mehr bei meinem Vater. Ich habe eine Freundin. Sie heißt Janine. Und ich finde die Gruppe ganz schön. Der Freddie, ein Junge aus unserer Gruppe, ärgert uns alle. Und ich finde die Erzieher auch nett, alle, und ich finde den Daniel nett.

Schönen Gruß von Christoph!

Jenny, 17 Jahre

Der Mond, der Kühlschrank und ich

Letzte Nacht hat mich der Mond gefragt ob ich
  glücklich bin
Als ob man dazu mal kurz was sagen kann
Als ob es so einfach wär
Ich hab ihn ganz cool ignoriert und die Sterne
  angeschaut
Aber irgendwie hat mir der Mond dann schon die
  Stimmung voll versaut
Ich wollte nur träumen und einfach so da stehn
Doch da musste ich vor Hunger in die Küche gehen
Da hat der Kühlschrank mich dann prompt gefragt
Ob ich glücklich bin
Ich dachte »Mann-o-Mann« was ist denn jetzt hier los?
Jetzt fängt der Kühlschrank auch noch an
Mich zu fragen wie es mit mir aussieht und
  meinem Seelenzustand
Dafür gibt es keine Antwort in zwei Sätzen
Da muss man viel zu viel erklären
Das wäre ja wirklich auch zu blöde
Wenn solche Sachen simpel wären!

Jenny, 17 Jahre

Bevor ich in die Jugendwohngruppe eingezogen bin, hatte ich am meisten damit zu kämpfen, dass ich die Schule wechseln sollte. Weil der Ort, wo ich vorher wohnte, 30 Kilometer von der Einrichtung entfernt war.

Ich habe sehr schnell gemerkt, dass es besser so war.

In der Schule beneiden mich einige, weil ich schon etwas selbstständiger bin als die anderen. Negative Äußerungen gab es bis jetzt noch nicht, demjenigen würde ich dann aber auch ordentlich die Meinung geigen!

Ich komme aus einer sehr oberflächlichen Familie, in der immer nur um den heißen Brei geredet wurde, aber seitdem ich in dieser Einrichtung wohne, habe ich endlich jemanden, mit dem ich über meine Probleme reden kann und der mich ernst nimmt. Und ich möchte meinen Betreuern hiermit recht herzlich danken: Danke für alles, ihr seid die Besten!

Mit meinen Eltern und Großeltern habe ich keinen Kontakt mehr. Wir sind eigentlich eine große Familie, aber davon ist leider nicht mehr viel übrig geblieben. Das fehlt einem schon, besonders an Weihnachten oder an anderen Festen. Aber da muss man mit leben.

Ich wohne jetzt seit einem halben Jahr dort.

Natalie, 17 Jahre

Warum nur?

Warum haben sie das getan?
Haben sie nichts dabei gefühlt?
Ich erstickte in meinem Wahn.
Meine Gefühle waren wie weggespült.
Ich war so glücklich mit ihnen, doch
Es steckte nur noch Trauer in mir. Jede Nacht
Lag ich wach und fragte mich:
Warum?

(Dies ist auf den Krach bei meinen Eltern bezogen)

Natalie, 17 Jahre

Ich sage Ihnen,

mit Ihnen kann man lachen
und viel Unsinn machen.
In Ihrer Nähe kann man weinen,
das sag ich sonst keinem.
Ihr seid so verständnisvoll –
Also ganz einfach toll.
Ihnen kann man alles anvertrauen.
Sie alle helfen mir,
auf mein Leben wieder zu bauen.
Darum werde ich Sie
Auch niemals zum Teufel hauen … !

Jasmin, 15 Jahre

Hier schreibt euch Jasmin. Ich bin 15 Jahre alt.

Ich bin mit 13 Jahren in die WG eingezogen, weil ich zu Hause viel Ärger und Stress hatte. Ich habe 11 Jahre bei meinen Großeltern gelebt, weil meine Eltern sich nicht um mich gekümmert haben. Dort bei meinen Großeltern habe ich mich sehr wohl gefühlt. Doch als ich anfing, mich mehr mit Freunden zu treffen, wurde es schwierig zu Hause. Ich kam oft sehr spät und habe auf nichts mehr gehört und habe nur das gemacht, was ich wollte. Meine Großeltern und ich haben gemerkt, dass es nicht mehr klappt, wenn ich dort wohne. Ich habe mir dann gewünscht, in die WG zu ziehen, weil ich dachte, es wäre cool ohne Eltern!

Wie gesagt war ich 13 Jahre, als ich in die WG einzog. Ich hatte Angst, weil ich dort niemanden kannte und ich mir fremd vorkam. Ich hatte Heimweh. Ich hatte auch Angst, dass mich keiner leiden könnte. Ich saß nur in meinem Zimmer, als dann Jugendliche zu mir kamen. Und so fand ich den Anschluss an die Gruppe. An Jungs und auch an Mädchen und an die Betreuer. Ich verstand mich ganz gut mit allen, und das tat mir sehr gut. Es war und ist immer noch schön, mit Jugendlichen zusammen zu wohnen, denn so hat man immer einen Gleichaltrigen, mit dem man über seine Probleme reden kann, Spaß haben kann, lachen, weinen, streiten kann. Es tut gut zu wissen, dass man nicht der Einzige ist, der Probleme hat, obwohl es schöner wäre, wenn sie keiner hätte. Betreuer? Tja, es ist schön und auch gut, dass es sie gibt, denn wir Jugendliche können uns nicht immer alleine helfen. Mit den Betreuern kann man viel Spaß haben. Wir gehen z. B. oft Inliner fahren oder ins Kino oder machen andere Sachen. Ich find es auch schön, dass es Leute (Betreuer) gibt, die so Jugendlichen wie mir und anderen helfen möchten.

Als Heimkind in der Schule fühlt man sich oft nicht wohl. Denn in der Schule bekommt man ganz oft und stark mit, dass andere Jugendliche von ihren Eltern alles bekommen. Zum Beispiel Mode-Markenklamotten. Wer keine Mode-Markenklamotten trägt, gilt als Außenseiter oder wird fertig gemacht. So was ist ziemlich schlimm für einen Jugendlichen, der seine Eltern verloren hat. Aber ich komme mit den Schulfreunden ganz gut klar. Sie fragen mich zwar oft, wie es ist, ohne Eltern zu leben, aber dann rede ich einfach mit ihnen darüber. Außer Haus habe ich auch viele Freunde gefunden!

Was ich oft vermisse, ist eine richtige Familie mit allem Drum und Dran! Und dass sich jemand um mich kümmert. Also immer fragt, wie es mir geht und wie ich mich fühle. Sonst fühle ich mich hier ganz wohl. Mir tut es gut, wenn man sich um mich kümmert und mich nicht links liegen lässt. Oder wenn man was mit mir unternimmt.

Meine größten Wünsche, Träume, Sehnsüchte werde ich euch jetzt schreiben.

Später möchte ich mit behinderten Kindern arbeiten und ihnen im heutigen Alltag helfen, klar zu kommen. Wenn ich eine eigene Wohnung habe und ich reif dazu bin, mit mir selber klar zu kommen, möchte ich auch eine Familie haben. Ich wünsche mir, dass ich eine bessere Mutter werde, als es meine eigene war. Ich möchte meinem Kind später was bieten können, für mein Kind Zeit haben und es bei mir großziehen. Das sind meine Wünsche und Träume! Und dass ich ganz schnell lerne, auf eigenen Beinen zu stehen und nicht immer Hilfe zu brauchen!

Und so läuft es im Allgemeinen bei uns ab: Wir sind 9 Jugendliche, 3 Jungs und 6 Mädchen. Wir wohnen in einer großen Villa. Jeder hat sein eigenes Zimmer und seine Privatsphäre. Wir haben ein großes Wohnzimmer und ein Esszimmer. Unsere Küche ist zwar nicht groß, aber sie reicht aus. Und auch die Betreuer haben ein Zimmer.

Tja, in der Schulzeit läuft es so: Wir stehen morgens auf und frühstücken zusammen, dann macht sich jeder für die Schule fertig und geht. Ich bin immer so gegen 13.30 Uhr zu Hause, denn ich gehe in meinem Wohnort S. zur Schule. Die anderen sind dann so gegen 14.30 Uhr zu Hause. Montags, mittwochs und freitags haben wir »Ämter«, das heißt: Wir müssen jeder einen Raum, z. B. die Küche saubermachen, und das wechselt dann auch. Dann hat jeder einen Kochtag, an dem er für die Gruppe und Betreuer kochen muss. Ich muss sonntags kochen, und abends muß ich bis 22.30 Uhr die Küche sauber gemacht haben und mit demjenigen, der am nächsten Tag Kochdienst hat, Übergabe machen.

Dienstags haben wir Gruppenabend, an dem sich zwei Betreuer und die Gruppe treffen und über die vergangene Woche reden. Die Betreuer kommen morgens und bleiben über Nacht, und am anderen Morgen kommt ein anderer Betreuer. Es sind 5 Betreuer, 2 Männer und 3 Frauen. Ja, das war's eigentlich zu unserem Tagesablauf. Wenn Jugendliche bei uns einziehen wollen, haben sie eine Probezeit von 2 bis 3 Wochen. Danach entscheiden die Betreuer, ob der Jugendliche bei uns einziehen kann. Und so kommt man dann zu uns!

Neila, 16 Jahre

Lasst mich frei

Ich fühle mich gefangen,
gefangen in einer Welt, der ich nicht gewachsen bin.
Ich falle tief und tiefer in das Erwachsenwerden und
        will das Kind in mir
Unterdrücken, Einsperren und Quälen. Ich möchte
        nicht wie ein Tier
gefangen sein! Alle erwarten so viel von mir, kann
        ich den
Erwartungen gerecht werden?
Ich darf nicht versagen. Aber die Angst zu versagen
        ist größer als alles, was ich bisher kenne!
Kann ich leben? Ich stehe ohnmächtig meiner
        Entwicklung
gegenüber und weiß nicht, wie ich mich mir
        gegenüber verhalten soll.
Bin ich es wert, in dieser Welt zu überleben?
Ich blicke schwach und hilflos in die Zukunft.
Kann mich den niemand auffangen oder mir helfen?
Wer gibt mir Antwort auf meine Fragen?

Jasmin, 16 Jahre

Meine Geschichte

Ich bin jetzt 16 Jahre alt und heiße Jasmin.

Seit einer Woche lebe ich in einem Heim. Das kam für mich rechtzeitig, sonst würde ich unter der Erde liegen. Ich bin ein Kind, das aus einer muslimischen Familie kommt. Als kleines Kind bekam ich immer Schläge von meinen Eltern.

Ich war noch sehr klein und wusste nicht so recht, was mit mir passierte.

Es ist mir erst heute bewusst, dass das der Anfang der Zerstörung meines Lebens war. Ich ging öfters mit blauen Flecken in die Schule. Irgendwann in der ersten Klasse ist ein Mädchen aus meiner Klasse darauf aufmerksam geworden.

Als sie mich fragte, was das war, behauptete ich, dass die Wunden vom Spielen kamen. Sie aber meinte, dass diese Flecken von Schlägen kommen.

Ich konnte gegen meine Eltern nichts machen.

Wenn ich heute zurückdenke, ging es mir in der Grundschulzeit am besten. Da bekam ich ja nur Schläge. Als ich in die Hauptschule kam, kam ich öfters mit Brüchen an meinen Händen und Beinen in die Schule. Mein Vater ist völlig durchgedreht.

Und wieso? Weil ich mit meinen kleinen Bruder auf den Spielplatz war. Ich glaube, es hat mir niemand meine Ausreden geglaubt, wie es zu den Brüchen kam. Mein Vater griff mich auch mit Messern an. Das war in der sechsten Klasse. Da habe ich beim Umziehen nicht drauf geachtet, dass ich am Rücken eine Schnittwunde hatte. Ein Mädchen namens Yvonne fing an, laut zu schreien, und zeigte auf meinen Rücken. Ich begann zu weinen und erzählte ihnen, was passiert war. Am Ende nahmen sie mich in den Arm und trösteten mich. Danach kam es wieder zu irgendwelchen Sachen.

Mit 14 fing ich an zu »schnibbeln«. Ich verunstaltete meine Arme. Immer wenn ich Schläge bekam, lief ich ins WC. Dort hatte ich eine Rasierklinge. Das war für mich ein innerer Drang. Ich hatte erst genug Schmerzen, wenn ich das Blut sah.

In der Schule wurde ich immer schlechter, was dazu führte, dass ich in der achten Klasse beinahe sitzen geblieben wäre. Ich musste eine Nachprüfung machen, die ich nach sechs Wochen lernen auch bestand. Ich wollte mich verbessern, weil ich es in meinen Leben zu etwas bringen wollte. Das war nicht einfach. Ich fing an, meine Hausaufgaben zu machen. Weil ich soviel im Haus machen musste, hatte ich keine Zeit, Hausaufgaben zu machen, deshalb machte ich sie um drei Uhr morgens. Was sich auch lohnte.

Ich konnte es zu Hause kaum noch aushalten. Ich ging zum Jugendamt. Dort bekam ich 'ne satte Abfuhr. Ich habe danach noch öfters versucht, von zu Hause wegzukommen. Das Leben zu Hause war für mich nicht auszuhalten. Ich musste weg. Aber ich kam nicht weg. Ich musste alles über mich ergehen lassen. Oft fragte ich mich, was ich getan habe, um mit so einem Leben bestraft zu werden. Aber so sehr ich auch nachdachte, ich wusste nicht, was ich getan habe.

An meinem 15. Geburtstag musste ich das gesamte Haus machen, weil wir Besuch erwarteten. Ich dachte, wenigstens heute wären sie etwas netter zu mir. Am Abend bekam ich Schläge, weil ich geweint habe. So ging es auch weiter: immer nur Schläge, Beleidigungen und Arbeit. Unter solchen Umständen wollte ich nicht leben. Im Grunde war das auch kein Leben für mich. Wenn ich raus wollte, musste ich einen guten Grund haben, damit ich raus gehen durfte. So konnte und wollte ich nicht mehr leben. Ich wollte mich umbringen.

Ich wollte von all diesen Schmerzen befreit werden. Ich nahm drei Packungen Schlaftabletten und schluckte sie. Leider bin ich wieder zu mir gekommen. Weil dieser Versuch nicht klappte, versuchte ich es noch ein paar Mal. Aber irgendwann begriff ich, dass das kein Ausweg ist. Zu Hause versuchte ich, es etwas erträglicher zu machen, aber das klappte nicht.

Ich bekam nur noch Ärger zu Hause. Irgendwann hatte ich echt genug. Ich rief meine Freundin an, und sie kam auch sofort, wofür ich ihr unsagbar dankbar bin. Sie half mir, meine Sachen zu packen. Wir warteten, bis meine Eltern in die Stadt fuhren. Ihre Mutter wartete mit den Auto auf uns. Danach sind wir zur Polizei gefahren. Sie riefen bei einer Frau an, die mich dann abholte. Als wir ankamen, fühlte ich mich ganz anders, irgendwie frei. Ich warte drauf, dass meinen Eltern das Sorgerecht für mich entzogen wird. Ich weiß, dass ich noch einen langen Weg vor mir habe, aber ich werde es schaffen. Noch weine ich sehr viel, weil es für mich nicht leicht ist, alles auf einmal zu verlieren. Mit höchster Wahrscheinlichkeit werde ich meine Familie nie mehr wieder sehen. Aber irgendwann werde ich mit meinen Freunden wieder Kontakt aufnehmen. Aber das wird noch eine Weile dauern, weil ich erst noch mit mir selbst fertig werden muss. Meinen Freunden habe ich es zu verdanken, dass ich nach 16 Jahren endlich mein eigenes Leben führen kann, und dafür bin ich ihnen unendlich dankbar.

Andrea, 13 Jahre, und Mertino, 12 Jahre

Der Kannenhof-Song

Warum bin ich im Heim,
warum lasst ihr mich allein?

Ich wäre gerne bei euch zu Haus,
doch da halte ich es oft nicht aus.

Wieso sind meine Eltern geschieden,
warum haben sie das nicht vermieden?

Warum bin ich im Heim,
warum lasst ihr mich allein?

Warum trifft es ausgerechnet mich,
ich wäre doch auch lieber glücklich.

Viel lieber hätte ich keine Sorgen,
doch ich denke dauernd nur an morgen.

Warum bin ich im Heim,
warum lasst ihr mich allein?

Ihr habt mich verletzt, belogen und betrogen.

Ich will von euch keine Versprechen mehr hören,
ihr braucht mir auch nichts mehr zu schwören,

Ich weiß ganz genau, daß ihr mich verarscht,
also, gebt jetzt endlich, verdammt nochmal Gas.

Warum bin ich im Heim,
warum lasst ihr mich allein?

Andrea, 13 Jahre

Der Zauberwürfel

Es war einmal ein Zauberwürfel. Er lag lange in einem unbewohnten Haus.

Eines Tages zog Familie Stock in dieses Haus. Da wurde der Würfel aufmerksam. Familie Stock hatte zwei Kinder, die in einem schönen Kinderzimmer wohnten. Sie haben sich sehr gefreut, dass sie in dieses Haus gezogen sind.

Abends, als die Kinder im Bett lagen, hörte Philip ein Geräusch. Er hörte ein leises Summen. Zuerst dachte er, es wäre eine Mücke im Haus. Er ging in die Küche, und sein Herz klopfte, weil er nicht wusste, was es war. Da lief er hoch in sein Zimmer und weckte Julia. Sie war ziemlich müde, aber als sie das Geräusch hörte, bekam auch sie Angst. Da sagte sie: ›Sollen wir nicht Mama und Papa wecken?‹ Philip antwortete: ›Ich weiß nicht, ob wir sie wecken sollen. Wir haben doch sonst nicht solche Angst.‹

Sie beschlossen, Mama und Papa nicht zu wecken. Die beiden standen auf und suchten nach dem Geräusch.

Da hörten sie wieder das Summen. Es wurde lauter und lauter, je näher sie dem Keller kamen. Als sie die Kellertür öffneten, sahen sie einen goldenen Würfel auf einem Tisch liegen. Er glänzte so stark, dass es sie blendete.

Aber Philip trat dem Würfel trotz des Lichtes näher. Je näher er kam, um so dunkler wurde das Licht. Julia blieb an der Tür stehen. Da sagte Philip: ›Mach doch das Licht an!‹ Nachdem Julia das Licht eingeschaltet hatte, ging auch sie näher auf den Würfel zu. Sie schlossen die Kellertür und betrachteten den Würfel vorsichtig von allen Seiten. Philip nahm seinen ganzen Mut zusammen und packte den Würfel. Als er ihn in der Hand hielt, wurde der Würfel pechschwarz. Philip erschrak sehr und ließ den Würfel fallen. Da wurde dieser wieder golden.

Nun wussten die Kinder, dass es irgendetwas mit dem Würfel auf sich hatte.

Dieses Mal nahm Julia ihn in die Hand und drückte ihn ganz fest an sich. Da schimmerte er noch goldener als vorher. Im Hintergrund ertönte eine tiefe Stimme: »Du hast an mich geglaubt und brauchst keine Angst vor mir zu haben. Ich bin ein freundlicher Würfel und schon 189 Jahre alt und sehr wertvoll. Da du an mich geglaubt hast, kannst du dir drei Wünsche erfüllen. Und dein Bruder kann auch drei Wünsche nennen, weil er den Mut hatte, sich auf die Suche nach mir zu machen. Ich werde euch eure Wünsche erfüllen. Ihr könnt drei Tage in Ruhe überlegen. Warum nehmt ihr mich nicht einfach mit hoch in euer Zimmer? Dann bin ich immer für euch da.«

Die Stimme verschwand. Die Kinder fanden die Idee sehr gut und nahmen den Würfel mit. Sie legten sich beide in ihr Bett und lächelten noch einmal, bevor sie einschliefen. Auch Würfel werden müde, besonders dieser Würfel. Er blinkte noch einmal kurz auf und sagte mit tiefer Stimme: »Gute Nacht!« Dann hüpfte er in Julias Pantoffel.

Morgens, als Julia und Phillip aufwachten, wussten sie schon, was sie sich wünschen wollten.

Vater und Mutter waren schon auf der Arbeit. Aber dann dachten die beiden Kinder: »Wo ist denn der Würfel? Ohne Würfel kein Wunsch!« Plötzlich hörten sie aus Julias Pantoffel ein lautes dunkles Schnarchen. Erleichtert lächelten sie sich an und schlichen zum Pantoffel. ›Hey!‹, sagte Julia ganz leise und gab ihrem Pantoffel einen leichten Stups. ›Hallo! Wer weckt mich da?‹, kam die bekannte tiefe Stimme aus dem Pantoffel. Und vorne, wo Julias Zeh schon ein Loch in den Pantoffel gebohrt hatte, leuchtete ein helles Licht heraus. Dann kullerte der Würfel golden glänzend heraus.

Als er die großen, erwartungsvollen Augen der Kinder sah, fing er leise an zu gluckern und dann zu lachen. ›Na, was wünscht Ihr euch denn? Ihr könnt es ja gar nicht mehr erwarten.‹ Sofort sprudelte Julia los: ›Ich wünsche mir eine Barbiepuppe, ein Barbieauto und ein Paar Rollschuhe.‹ Da sagte der Würfel: ›Dein Wunsch ist mir Befehl.‹ Er schnippte dreimal mit den Fingern, leuchtete golden auf, und vor Julia standen ihre Sachen. Sie hatte sich noch nie so gefreut.

Da sagte der Würfel: ›Philip, was ist denn mit dir? Was wünschst du dir?‹ ›Ich wünsche mir ein Skateboard, einen ferngesteuerten Wagen und einen Fußball.‹ Der Würfel schnippte wieder dreimal mit den Fingern, leuchtete golden auf, und Philips Sachen standen vor ihm. Da sagte der Würfel: ›Nun habe ich meine Pflichten erfüllt. Öffnet mir bitte das Fenster.‹

Julia erfüllte ihm diesen Wunsch. Der Würfel sagte: ›Bis dann! Ich sollte vom Würfelhimmel kommen, um euch dazu zu bringen, dass ihr euren Mut zeigt. Dies habt ihr getan. Ich bin sehr stolz auf euch, aber vergesst niemals euren Mut.‹ Und der Würfel flog wie eine Sternschnuppe davon. Zum Abschied blinkte er noch einmal; und weg war er. Beiden Kindern lief eine Träne die Wange hinunter, aber sie waren nicht traurig. Sie waren so glücklich, wie sie noch nie zuvor gewesen waren. Dann schlossen sie das Fenster und gingen in die Schule.

Murat, 20 Jahre

Zeit!

Könnte man die Uhr
doch nur zurückdrehen,
nur ein bisschen,
um das zu verändern,
was einem Schmerz,
Wut, Einsamkeit, Hilflosigkeit
und Angst zugefügt haben.
Sein Leben wieder in Griff bekommen.
Doch die Zeit hält nicht still,
wir müssen das Geschehene vergessen,
das uns so mitgenommen hat.
Denn Zeit heilt alle Wunden,
doch die Narben bleiben ewig.

Murat, 20 Jahre

Deine Hand

Gib mir Deine Hand!
Ich werde sie halten,
wenn Du einsam bist.
Ich werde sie wärmen,
wenn Dir kalt ist.
Ich werde sie streicheln,
wenn Du traurig bist.
        UND:
Ich werde sie wieder loslassen,
wenn Du frei sein willst.

Es ist dunkel. Du gehst einen langen, schmalen Weg entlang, welcher niemals zu enden scheint! Doch Du gehst ihn immer weiter. And you listen to your heart.

Du fühlst Wut in Dir, doch zugleich Verzweiflung. Was soll ich tun? Wohin soll ich gehen?

Du bist doch allein.

Zuviel hast Du in Deinem kurzen Leben schon mitgemacht; sowohl Gutes wie auch Schlechtes. Du spürst, wie es alles noch einmal an Dir vorbeizieht, Du alles zum zweiten Mal erlebst!

Du erinnerst Dich an die herrlichen Erlebnisse auf der Jugendfarm. Wie Du mit Deinen Freunden, den Zivis und den Tieren viel Spaß hattest. Eine Zeitlang waren die Tiere meine besten Freunde. Sie hören Dir zu, wenn Du traurig bist, und schauen nicht darüber hinweg, sondern trösten Dich auf ihre Art. Du lernst sie zu verstehen, lernst ihre Gedanken zu lesen.

Erinnere mich an endlose Übernachtungen auf der Farm und unsere Brainstorming Ideen. Bei der Maiübernachtung 1998 haben wir Maibäume geklaut und sind mit dem Farmbus durch die Gegend gekurvt. Viel Unsinn haben wir veranstaltet.

Ein Lächeln zieht über Dein Gesicht.

Du erwachst aus Deiner Erinnerung und hast immer noch den langen, endlosen Weg vor Dir. Und Du machst Dich auf die Reise.

Ein kühler Wind fährt Dir durch die Kleider. Du siehst nichts als ein schwarzes Loch. Du setzt Dich hin; einfach hin ohne zu überlegen.

Auf einmal holst Du etwas aus Deiner Tasche. Lange betrachtest Du es. Es liegt wie ein Stein in Deiner Hand, und Du weißt wie gefährlich Es ist! In manchen Situationen ist es Dir aber egal! Du klappst es auseinander...

Du bist den Tränen nahe ... – doch Du bist ein starker Mensch! Starke Menschen weinen nicht!!! NEIN! Das ist nicht wahr.

Weine, weine.

Langsam rinnt Dir eine Träne über die Wange ..., bis sie schließlich auf den Boden tropft und mit dem schwarzen Untergrund verschmilzt.

Du erwachst aus Deiner Trance. Siehst einen hellen Punkt immer näher kommen. Du erkennst ihn! Es ist Dein Freund, Dein bester Freund! Dein Hund! Du schmeißt Es aus Deiner Hand und läufst Deinem Hund entgegen. Du freust Dich, und ein Lächeln zieht über Deine spröden Lippen.

Er hat Dich jahrelang begleitet, Dich beschützt, den Dir aber Deine Mutter weggenommen hat. Brachte ihn in die Slowakei, weit weg von Dir.

Warum?

Du hattest nicht auf sie gehört, ihr immer wieder Schwierigkeiten gemacht. Sie weiß, dass Dir keine Strafe etwas anhaben kann! Sie hat mir mein Liebstes genommen. Das einzige, was mich damals noch oben gehalten hat!

Du hältst Ihn im Arm. Spürst sein weiches Fell, seinen

Atem. *Nun bist Du nicht mehr allein.* Wieder beginnst Du zu weinen. Auch diesmal fällt eine Träne auf die Erde, verschmilzt jedoch nicht mit dem Untergrund, sondern es erblüht eine herrliche rote Rose.

Tief schaust Du Deinem Hund in die Augen. Du erschrickst ...

Du kannst Dich in seinen Augen nicht spiegeln! Bei jedem Lebewesen kann man sich in den Augen spiegeln, wenn es lebt!

Wo bist Du? *Tot oder lebendig?* Du merkst, wie sich Dein Hund in Nebel auflöst. Er entgleitet Dir aus Deiner Umarmung und verschwindet im Dunkeln.

Für kurze Zeit warst Du glücklich und hast die Wirklichkeit, die Realität vergessen. Doch sie hält Dich eisern fest! *Unaufhörlich dieser Schmerz nach Liebe.*

Wieder stehst Du allein da; verstehst die Welt nicht mehr. Hattest Du sie denn jemals richtig verstanden?! Du drehst Dich um, und siehst Es dort liegen. Hebst es auf, und steckst es wieder in die Tasche. Vielleicht brauchst Du Es ja mal! Weiter, immer weiter gehst Du. Langsam wirst Du müde. Du kannst nicht mehr.

Ich schließe die Augen.

Mache sie wieder auf und stehe vor meinem Zuhause. Doch es ist nicht mehr Dein Zuhause, und Du weißt es!

Das Bild vor Deinen Augen beginnt zu verschwimmen. Du siehst Deine Mutter, und Deinen Bruder. Warum wollte sie Dich nicht mehr haben?

Warum hatte sie Dich so oft geschlagen?

Wieder ist es dunkel um Dich. Du hast vieles falsch gemacht. Nicht alles war Deine Mutter schuld, aber alles bleibt an Dir hängen!

Ich musste raus von Zuhause!!

Erinnere mich an die Zeit auf der Straße. Hatte Hunger und mir war kalt. Doch vergiss nicht, Du bist doch ein starker Mensch! Lange hattest Du Dein Herz verschlossen. Du wolltest nicht mehr, wolltest aufgeben.

Heute beginnst Du Dein Herz zu öffnen. Auch der lange schwarze Weg beginnt allmählich Farbe zu bekommen. Hängt alles von Dir ab!

Deutlich erkennst Du die Umrisse eines gelben Hauses. Viele Leute stehen davor und warten auf Dich. Das ist jetzt Dein Zuhause und Deine Familie. Mittlerweile fühlst Du Dich wohl in der WG. Hast neue Freunde gefunden, bist freier geworden. Stehst nicht mehr unter Druck und lebst Dein Leben.

Ich gehe die vielen Stufen zu meinem Zimmer hinauf. Kurz darauf liege ich im Bett und beginne zu träumen ...

Ich träume von einem langen, endlosen Weg. Doch der Weg ist nicht mehr schwarz, sondern er führt durch herrliche Felder mit blühenden Blumen und singenden Vögeln. Die Sonne scheint hell und warm, und ich gehe ihn entlang. Schaue zurück und warte. Warte auf meinen Freund, welcher kurz darauf angelaufen kommt. Sanft streichele ich ihm übers Gesicht. Plötzlich sehe ich etwas Funkelndes im Gras liegen. Durch die Sonnenstrahlen glitzert es silbern in den Himmel. Ich hebe es auf, lächle und werfe es weit hinter mich! **Das ist die Wirklichkeit, so wird sie eines Tages sein!**

Jennifer, 10 Jahre

Nie wieder zurück!

An einem schönen Sommermorgen erwachte die kleine Fee Jasmin Sonnenschein. Ihre Freundin Jennifer hatte sie heute recht früh geweckt. Jasmin sollte für sie singen, denn sie hatte eine Grippe und konnte nicht aufstehen. Jasmin hatte eine wunderschöne helle Stimme, wie sie eine wunderschöne kleine Fee nur haben kann. Da Jennifer nicht in die Schule gehen konnte, müsste sie am Mittag eigentlich keine Hausaufgaben machen. Aber ein fremder Junge brachte ihr die Hausaufgaben. Jennifer bemerkte nicht, dass sie einen Fehler machte. Sie ging in die Küche, um etwas zu trinken zu holen, und ließ Jasmin allein bei dem Jungen. Darauf hatte der Junge nur gewartet: Er verschloss das Kästchen, in dem Jasmin saß, und stopfte es in seine Jackentasche und ging.

Für Jasmin begann eine harte und aufregende Zeit. Sie musste für den Jungen die Schuhe putzen und den Kamin sauber halten. Was anderes konnte sie nicht tun, denn sie war nur so groß wie ein Daumen. Sie musste auf dem Fußboden schlafen. Zu essen bekam sie Krümel von gegessenen Broten, zu trinken Leitungswasser.

Eines Tages fragte sie den Jungen: »Darf ich nie mehr zurück?« Der Junge lachte spöttisch: »Wieso solltest du wieder zurück? Hast du vergessen, dass du meine Dienerin bist? Geh jetzt gefälligst die Schuhe putzen!«

Die arme Jasmin. Beim Schuheputzen kam ihre Freundin, der Schmetterling, durch das offene Fenster hereingeflattert. Sie hieß »Zitra Zitronenfalter«. Zitra fragte: »Hallo Jasmin! Wie geht es dir?« »Schlecht«, antwortete Jasmin. Sie erzählte ihrer Freundin, dass sie nun nie mehr wieder zurück dürfe. »Was? Nie wieder zurück? Das ist ja schrecklich!« schrie Zitra entsetzt. »Du kannst doch nicht dein ganzes Leben hier hocken und putzen! Komm doch mit mir!«, schlug Zitra vor. Jasmin kletterte auf ihren Rücken, und Zitra flatterte durch das offene Fenster. Sie brachte Jasmin wieder zurück. So hatte noch alles ein gutes Ende.

Vanessa, 17 Jahre

**Wenn Stimmen einem das Leben
zur Hölle machen**

Hast du die Stimmen im Ohr

Kommt dir alles schrecklich vor

Wollen nicht aufhören

Du könntest schwören

Tod wäre jetzt besser

So greifst du zum Messer

Lässt der Wut freien Lauf

Nimmst Schmerzen in Kauf

Stimmen haben dich zerstört

Keiner hat deinen Schrei gehört

Jetzt bist du entlassen und zerrissen

Kurzum dir geht's verdammt beschissen

Keinen Peil wie dir geschieht

Niemand weiß wie's in dir aussieht

Sparen sollen sie sich ihr Mitleid

Denn jeder verschwendet seine Zeit

Der mit dir reden will
Bist verschlossen völlig still
Sprangest aus'm dritten Stock
Kamst davon mit einem Schock

Stimmen – Bestandteil deines Lebens
Sie loszuwerden versuchtest du vergebens
Weil sowieso nichts passiert
Fragst du dich resigniert
Aber du täuscht dich
Denn es gibt ja noch dich
Du musst an dich glauben
Und nicht länger erlauben
Dass sie dich terrorisieren
Musst es einfach ausprobieren
Gehe doch zum Therapeuten
Das kann für dich bedeuten
Richtige Hilfe zu kriegen
Und die Stimmen zu besiegen
Du schaffst es sicherlich
Denn Gott glaubt fest an dich!

Jan, 9 Jahre

Das kleine Mädchen, das Eltern sucht

Es war einmal ein kleines Mädchen, das keine Eltern hatte. Es wohnte in einem kleinen Haus, das in der Nähe eines kleinen Baches stand. Da es keine Eltern hatte, musste es für sich selber sorgen. Das Mädchen wusch auch seine Wäsche selber. Es schrubbte in einer Waschbütte ihre Hose auf einem Waschbrett. Da die Hose sehr dreckig war, bekam es diese nicht mehr richtig sauber. Darüber war es traurig, da es ihre Lieblingshose war und sie nicht mehr viele Sachen zum Anziehen hatte. Ihr größter Wunsch war es, nicht mehr alleine zu sein. Eines Tages kamen aus dem nahe gelegenen Wald ein Mann und eine Frau. Sie sahen das kleine Haus und wunderten sich.

Als das Mädchen die Frau und den Mann sah, fragte es nach ihren Namen. Der Mann hieß »Andreas«, und die Frau hieß »Sabine«. Das Mädchen lud sie ein und fragte: »Wollt ihr etwas zu trinken?« Während sie zusammen saßen, fragten die beiden das Mädchen nach ihren Eltern. Das Mädchen antwortete: »Meine Eltern sind gestorben, und ich wünsche mir nichts anderes, als eine Mutter und einen Vater zu haben!« »Wir haben Mitleid mit dir«, sagte der Mann.

Die Frau hatte eine Idee, sie schaute ihren Mann an und flüsterte ihm etwas ins Ohr. Daraufhin fragte sie das Mädchen: »Möchtest du mit uns kommen und bei uns wohnen? Dann bist du nicht mehr so alleine. Du kannst dir unser Haus anschauen und sehen, wie wir leben.« »Ja, ich möchte mitgehen.« Das kleine Mädchen ging mit und sah sich alles genau an. Ab da wohnte es immer bei ihnen.

Anne-Karin, 12 Jahre

Mein lieber Freund

Ich war gestern mit meinem Freund, namens Pferd, an einem Pferdegeschäft. Wir hatten nach einem neuen Sattel und einer Trense geguckt. Ich fragte ihn: »Wollen wir reiten gehen?« Er nickte. Als wir an dem Reiterhof ankamen, sagte ich: »Lass uns zwei Pferde holen!« Ich holte zwei Pferde. Auf einmal war mein Freund, namens Pferd, nicht mehr da. Ich suchte überall nach ihm. Ich verstand die Welt nicht mehr. Ich rief meinen Freund überall. Als ich zum Stall zurückkam, stand mein Freund in dem Stall bei den anderen Pferden. Ich freute mich sehr, als ich meinen Freund sah, und ich umarmte ihn. Ich redete mit ihm und fragte: »Wo bist du gewesen?« Als Antwort kam nur ein lautes Schnauben. Ich lachte laut, dann streichelte ich ihn und fütterte ihn. Er wollte so gerne wieder raus aus dem Stall. Ich fühlte das und führte ihn raus zum Putzplatz. Ich putzte ihn erst mal gründlich und sattelte und trenste ihn auf. Danach ritt ich mit ihm aus, über die Felder und Weiden. Als wir uns an einem See ausruhten, sagte ich zu meinem Freund: »Es ist schön, dass du ein Pferd bist!« Ich klopfte ihn und kraulte ihn hinter den Ohren und flüsterte ihm zu: »Du bist mein bester Freund! Und Freunde werden wir auch immer bleiben.«

Jeane, 7 Jahre

Der große Urlaub

Ich stelle mir vor, dass unsere Kinderdorffamilie in ein fernes Land gefahren wäre.

Dort gibt es einen großen Vulkan, und dort kommt Feuer heraus. Dort sind noch sieben große Berge, über die sind wir gewandert. Auf einem Berg schlugen wir unsere Zelte auf und ruhten uns aus. Mitten in der Nacht träumte ich, dass zwei Stiere gegen die Zelte rummsten. Ich schrie laut, so laut, dass Sabine mich hörte. Sie wachte auf; auch die Jungs und Mädchen. Alle schrien. Sie schrien so laut, weil ich so laut geschrien habe. Wir nahmen unsere Taschenlampen und schauten nach draußen, ob da was los wäre. Da war jedoch nichts zu sehen. Ich erzähle den anderen diesen Traum. Dann haben wir weitergeschlafen.

Es wurde Tag. Wir sind weiter gewandert und sahen fünf Löwen vor uns. Sie taten uns nichts. Nach einer Weile gingen die Löwen weg. Wir machten dann ein Picknick auf einer Wiese. Da habe ich einen Blumenstrauß gepflückt. Den habe ich der Sabine gegeben. Sie machte daraus einen Blumenkranz für sich und legte diesen um den Hals. Wir Kinder rollten uns über die Wiese und lachten dabei, das hat Spaß gemacht. Bald darauf sind wir weiter gewandert. Gegen Abend kam ein Gewitter. Wir sahen eine kleine Hütte und gingen hinein. Dort schauten wir uns um. Wir fanden nichts in der Hütte außer Lampen, Seile und Bretter. Die Lampen haben wir angemacht. Wir breiteten unsere Schlafsäcke und Decken auf den Boden aus und legten uns schlafen. Am nächsten Tag packten wir unsere Sachen zusammen und machten uns auf den Weg wieder nach Hause.

Sven, 12 Jahre

Die Löwen

Eines Tages las ich etwas über Löwen in einer Zeitung: Wilderer bedrohten die Löwen in Afrika. Jetzt wurden Menschen gesucht, die helfen wollten, die Löwen zu schützen. Da wollte ich unbedingt mitmachen. Ich meldete mich bei der in der Zeitung stehenden Adresse an. Einige Tage später erhielt ich einen Brief, in dem stand, das ich mithelfen durfte. Ich packte meinen Koffer mit meinen Sachen und fuhr zum Flughafen. Dort stieg ich in ein Flugzeug und flog nach Namibia. Als ich dort ankam, traf ich noch andere Menschen, die auch helfen wollten. Wir wurden von dem Wildhüter in ein Hotel eingeladen. Dort lernten wir uns alle besser kennen. Auch über die Tiere in Namibia, und besonders über die Löwen wurde ausführlich gesprochen. Drei Tage später fuhr ich am Morgen mit einem Tierarzt von der Hilfstruppe zu den Tieren in die Savanne. Wir wollten nach den Löwen sehen, fanden sie jedoch nicht. Wir suchten mehrere Tage nach Spuren und Fußabdrücken der Löwen, hatten aber keinen Erfolg.

Mitten in der Nacht hörten wir plötzlich Schüsse. Wir waren auf die Wilderer gestoßen. Vor ihnen waren also die Tiere weggelaufen. Wir machten uns auf den Weg und schlichen so leise wie möglich an die Wilderer heran. Wir hatten Glück, wir fanden die Spur der Wilderer und folgten ihr. So fanden wir das Lager der Wilderer, und einer von ihnen saß am Lagerfeuer und säuberte sein Gewehr. Nicht weit von ihm lag eine toter Löwe. Waren noch mehr Wilderer da? Da bewegte sich etwas im Zelt. Es waren zwei Männer, die Jagd auf die Löwen gemacht hatten. Der Tierarzt und ich sprachen leise ab, was wir jetzt unternehmen wollten. Wir teilten uns und griffen an. Ich sprang von der Rückseite den Mann am Lagerfeuer an. Mein Freund nahm sich den Mann im Zelt vor.

Ich konnte den Mann am Feuer überrumpeln und zu Boden stürzen und sein Gewehr wegschleudern. Wir kämpften miteinander, jedoch konnte ich ihn besiegen. Ich schlug in k.o. Dann fesselte ich ihn. Mein Freund war schon vorher zum Zelt geschlichen, und in dem Augenblick, in dem ich sprang, überwältigte er den Mann im Zelt. Beide Wilderer fesselten wir dann an einen Baum. Ich nahm das Gewehr und übernahm die Wache, während mein Freund, der Tierarzt, unseren Jeep holte. Mittlerweile wurde es Morgen, und als mein Freund kam, packten wir die Wilderer und die Sachen in das Auto und fuhren zur nächsten Polizeistation. Dort lieferten wir die Männer ab. Sie mussten ein Geständnis ablegen. Denn wir hatten sie auf frischer Tat erwischt. Wir fuhren wieder zur Hilfstruppe zurück. Dort wurden wir mit Jubel empfangen. Einige Tage später verabschiedete ich mich und flog nach Hause zurück.

Jan, 16 Jahre

An der Kante

»Haben Sie zufällig eine Zigarette?«

Der Mann schaut ihn an, steht auf und zieht seine Zigarettenschachtel aus seiner Hosentasche.

»Obwohl es sich eigentlich gar nicht mehr lohnt«, sagt der Mann und gibt ihm die Zigarette in die Hand. »Ja!« sagt er, nimmt die Zigarette und dreht sich um. Mit der Kippe im Mund sucht er nach seinem Feuerzeug. Als er es findet, steckt er sie an. Pustet den Qualm gegen die Sonne und tritt an die Kante, guckt in die Ferne. Man kann die Bahn schon erkennen. Die Sonne scheint ihm von rechts ins Gesicht. Neue Tränen treten ihm in die Augen. Gleich würde es ernst. Die Bahn kommt näher. Ihm wurde schwindelig. Vielleicht würde er ja fallen? Das würde es ihm leichter machen. Er denkt an den Mann, der ihm die Zigarette gab. Was der wohl denkt? Denkt dieser, er hätte vor zu springen? Er stünde ja immerhin nah genug an der Kante! Die Zigarette soll meine letzte sein? Er dreht sich um. Der Mann liest Zeitung. Also nicht. Die Bahn fährt nun ein. Was wäre dramatischer: Er stünde auf den Gleisen und ließe es geschehen oder er würde springen? Die Bahn ist fast da. Jetzt springen ...

Die Bahn kommt zum Stehen. Er dreht sich um, drückt die Kippe aus und steckt sie in seine Tasche. Später würde er sie weiterrauchen. Er nimmt seine Tasche und steigt in die Bahn. Der Schaffner will seine Fahrkarte sehen. Er zeigt sie ihm und setzt sich auf einen freien Platz. Ihm gegenüber sitzt ein Mann mit einem Buch in der Hand: »Die ganz eigene Art, Probleme zu lösen.«

Christina, 17 Jahre

Leben!

Heute ist der erste Tag meines Lebens!
Meine Mutti weiß noch nichts davon!
Heute hat sie in der Schule einen Physik-
test geschrieben, und ich habe ihr
dabei Gesellschaft geleistet. Am
Nachmittag war sie beim Arzt, der
ihr sagte, dass ich im August geboren
werde. Im August wird die Sonne
scheinen. Doch ich werde sie nie sehen.
Denn meine Mutti will mich töten!

Daniel, 17 Jahre

Ich heiße Daniel, bin 17 Jahre alt und bin in N. geboren. Mein zweiter Wohnsitz ist D. Im April 1997 bin ich in die Gruppe G2 eingezogen. Ich fühle mich ganz gut in der Gruppe. In die Schule gehe ich gerne. Nicht so gut finde ich, wenn die Jungs in der Schule so laut sind! Sie sollen nicht so laut sein. Die Lehrer sind nett. Blöd finde ich es, wenn in der Gruppe geklaut wird. Das ist nicht schön. Als ich in die Gruppe eingezogen bin, war ich ein bisschen traurig. Zu Hause bei meinen Eltern war es schön. Trotzdem finde ich es schön, dass ich hierhin gezogen bin. Auf der alten Schule haben mich die Schulkollegen schon mal verprügelt. In der neuen Schule wurde ich nie zusammengeprügelt. In der neuen Schule habe ich viel Spaß. Die Jungs aus der Gruppe sind mit mir in einer Schule. Wenn wir vor dem Fernseher in der Gruppe sitzen, quatschen die anderen immer. Das ärgert mich!

Isabella, 18 Jahre

Wie mich mein Auszug beschäftigt, von dem, was ich liebe

Wenn man merkt, wie das Leben sich von einem trennt und man denkt: Wie geht es weiter, was soll man tun? Jeder einzelne Gedanke befasst sich damit, warum das Leben plötzlich so sinnlos, trostlos und unbedeutend erscheint. Ist mein Leben vorbei oder fängt es gerade richtig an? Wie kann ich mein Leben, was mir so fremd erscheint, wieder zu dem Leben machen, das ich einst geliebt?! Ich fühle Leere, Kälte und Angst in mir. Ich habe Angst, mein Leben zu verlieren. Die Menschen, die ich liebe, die Menschen, die ich mag. Ja, ich habe sogar Angst davor, die Menschen zu verlieren, die ich hasse. Tränen laufen über mein Gesicht, eiskalter Schauer auf meinem ganzen Körper, Herzrasen, Schweißausbrüche. Alles nur aus Angst, vor dem, was ist, was geschieht und dem Alleinsein. Gedanken, die mich plötzlich gefangen nehmen, in den Momenten, wo ich denke, der Schmerz lässt nach. Da kommt er um so stärker, und er hat den Anschein, mir mein Herz zerreißen zu wollen. Wer hat gewollt, dass mich einst so grauenhafte Gedanken quälten? Mein Leben scheint mir keinen Sinn mehr zu machen. Ich sitze einfach nur da, und meine Gedanken sind so heftig, dass ich denke, ich bin zu schwach zum Denken. Ich schaue aus dem Fenster, und mein Körper fühlt sich an, als wäre, außer schmerzender Leere und Kälte, kein Organ oder Leben in mir.

Es waren einmal Kinder, sie hießen Alex und
Jenny. Sie liebten sich. Sie waren zusammen auf
der Schule Brücke in der 3b. Die Lehrerin hieß
Frau H. (8.00 bis 8.45 Uhr). Wir rechneten bei
Frau R. Wir hatten Kaulquappen in der Klasse.
Ich bewundere diese Tiere. Die erste Stunde war
um. Von 8.45 bis 9.25 Uhr spielten wir, dann hat-
ten wir Pause. Ich spielte mit ihr fangen. Es war
10.00 Uhr. Englisch. Frau H. sagte: »The frog is
1 Years Age.« 11.45 Uhr Sport. Wir haben lustige
Spiele gemacht wie z. B. Volleyball. Schulschluss.
Wir gingen an der Hand nach Hause. Um 2.00
Uhr sind wir auf dem Abenteuerspielplatz gewe-
sen bis 16.00 Uhr. Dann gingen wir wieder nach
Hause. Etwas später musste ich ins Bett gehen.
Ich träumte von einer Hochzeit. Morgens wurde
ich wach. Ding, Dong, ich holte Jenny für die
Schule! Nach der Schule ging ich nach Hause
und schrieb die Geschichte von Jennyfer und
Alexander.

*Mein Wunsch ist ein Mountain-Bike oder ein
Walki-Talki. In der Gruppe ist es gut. Ich schreibe
nur Einser und Zweier. Alle Erzieher sind nett.
Und: Ich bin im Heim, weil meine Eltern saufen.
Und so ist es auch gut. Bin 11 Jahre, im dritten
Schuljahr.*

Stefanie, 14 Jahre

Mein Leben im Heim!

Alles fing an nach meinem ersten Selbstmordversuch am 2. Dezember 1999.

Ich lag drei Tage im Krankenhaus.

Um das Verhältnis zu meiner Mutter und meinem Stiefvater zu verbessern, riet mir der Kinder- und Jugendpsychologe im Abschlussgespräch, von zu Hause auszuziehen.

Am 22. Dezember 1999, einem schönen verschneiten Abend zwei Tage vor Heiligabend, stritten wir uns alle wieder so heftig, dass ich es nicht mehr aushielt.

Am anderen Morgen, direkt um 8.00 Uhr, rief ich endlich das Jugendamt an.

Die Frau, die für mich zuständig ist, verwies mich ans Kinderheim N.

Einen Tag vor Heiligabend kam ich somit in die Mädchengruppe 3.

Ich hatte furchtbare Angst, dass mich die Mädchen alle nicht annehmen würden, doch alle waren von Anfang an total lieb zu mir. Ich weinte am Anfang viel, denn ich vermisste meinen Bruder und meine Katze sehr.

Ich lebte mich wahnsinnig schnell ein, und

immer wenn ich weinte, tröstete mich jemand. Nie war ich mit meinen Problemen alleine.

Heute lebe ich seit drei Monaten im Heim, und etwas Besseres konnte mir nicht passieren. Mit meinen Eltern konnte ich bis jetzt zum Glück ein freundschaftliches Verhältnis aufbauen.

Nur bei meinem Bruder habe ich das Gefühl, er hat meine Entscheidung noch immer nicht ganz verstehen können oder wollen. In der Gruppe kann man sich recht schnell wie in einer großen Familie fühlen.

Klar, nicht alle Tage sind schön, aber 340 Tage im Jahr sind 100-prozentig total schön. In der Schule habe ich kein Problem damit zu sagen, dass ich im Heim wohne. Zwar fragen viele, warum, aber ich allein kann entscheiden, wem ich was erzähle.

Meine Freunde behandeln mich so wie immer, nur was sie gut finden ist, dass ich mich zum Vorteil verändert habe.

Das, was mir nur fehlt, ist der richtige Freund. Und meine Eltern liebe ich nach wie vor noch genauso.

Thomas, 15 Jahre

Eine ganz besondere Fahrt mit der S-Bahn

Am 27. November 1999 bin ich mit der S-Bahn nach Bergisch-Gladbach gefahren. Da ich sowieso Eisenbahnliebhaber bin, fahre ich öfters schon mal mit Zügen des Nah- und Fernverkehrs. Aber die S-Bahnfahrt nach Bergisch-Gladbach werde ich so schnell nicht vergessen. Nicht weil etwas Unangenehmes vorgefallen war, sondern ich durfte von Bergisch-Gladbach bis Köln-Mülheim in der Lokomotive mitfahren.

So fing alles an: Am Endbahnhof in Bergisch-Galdbach habe ich mir die Lok mal etwas genauer angesehen, und als der Lokführer herauskam, um einen Kontrollgang durch die Bahn zu machen, fragte ich ihn, ob ich mir die Lok mal von innen ansehen durfte. Er ließ mich rein, und ich fragte ihn einige Sachen, z. B. wie funktioniert die Bremse und für was welcher Schalter ist usw. Der Lokführer erklärte mir einiges. Er war sehr nett. Anschließend musste er einen Knopf drücken, und dann ging der Stromabnehmer an die Oberleitung. Auf einem Display neben dem Tacho stand: »ZUG IST FAHRBEREIT.« Dann habe ich den Lokführer gefragt, ob ich vielleicht mal vorne in der Lok mitfahren darf. Er sagte: »Aber nur ausnahmsweise!« Dann ging es los. Es war sehr spannend. Der Lokführer sah noch mal kurz aus dem kleinen Seitenfenster über den Bahnsteig, dann setzte er sich und zog einen Hebel, und der Zug setzte sich in Bewegung. Bei Tempo 60 ließ er den Hebel los und drückte einen Knopf. »Nächster Halt, Duckterath«, ertönte eine Frauenstimme. In der Ferne konnte man schon den Bahnhof sehen. Der Lokführer zog jetzt einen zweiten Hebel langsam zurück und bremste die Bahn ab. Ich bin bis Köln-Mülheim mitgefahren, und es war ein tolles Erlebnis, was leider schon nach 20 Minuten vorbei war.

Elmas, 14 Jahre

Wenn die Wiesen grün sind ...

Wenn der Wind weht und die Blumen blühn,
wenn die Sonne scheint und die Vögel
zwitschern,
dann weiß ich,
dass es Frühling ist, dass kein kalter Wind
mich anhaucht.
Dann weiß ich, dass kein Schnee mehr auf
den Straßen liegt.
Dann weiß ich, dass ich nicht frieren muss,
dann weiß ich, dass die Bäume wieder blühen
und dass es bald wieder Sommer wird.
Aber noch ist kein Frühling, noch ist Winter,
und ich weiß, dass ich noch weiter frieren
muss.

Marat, 13 Jahre

Das Phantom in meinem Haus

Ich bin 13 Jahre alt und heiße John. Ich lebe fernab von der Stadt. In einer Gegend, wo es ruhig ist und wo man nachts seine Ruhe hat vor den Autos und Abgasen.

Eines Nachts aber hatte ich keine Ruhe mehr gefunden. Ich saß in meinem Zimmer und habe gelesen. Und das Buch hieß »Das Phantom in meinem Haus«. Doch nach einer halben Stunde hatte ich mich so in das Buch vertieft, dass ich dachte, ich hätte das Buch zur Seite gelegt und wäre längst am Schlafen. Doch da – plötzlich hörte ich Schritte unter mir, aber ich wusste, das unter mir der Keller war, aber ich blieb schweißgebadet unter meiner Decke. Dicke, glasige Schweißperlen liefen mir die Stirn runter, und draußen begann es zu regnen. Ich griff zu meiner Flasche, die ich am meinem Bett stehen hatte, trank einen Schluck und stand auf. Ich ging zum Fenster und schaute raus auf die Straße. Und was ich da sah, konnte ich gar nicht glauben: Die Straße war trocken, obwohl ich doch Regentropfen hörte! Aber dann packte ich meinen Mut zusammen und ging auf die Kellertreppe zu, aber sie war nicht zu sehen. Plötzlich kam ein hell schimmerndes Wesen auf mich zu und sagte: »John! Aufstehen! Dein Frühstück ist fertig!« Und nun wusste ich, dass dies nur ein Traum war. Denn meine Mutter hatte mich geweckt, weil ich in die Schule musste. Aber dann geschah etwas Unglaubliches: Das Buch lag neben mir und war auf Seite 37 aufgeschlagen. Das Bild zeigte eine durchsichtige Treppe, wo ein Phantom heraufkam und mit mir redete! Doch ich legte das Buch weg und ging in die Schule.

Ich war 3, meine Brüder waren 1 1/2, 4 und 6 Jahre alt.

Zu dieser Zeit kamen wir in ein Kinderdorf.

Es war eine schwere Zeit für unsere Eltern und uns.

Wir mussten uns erst im Kinderdorf eingewöhnen. Auch wenn es noch so schwer war, haben wir es trotzdem geschafft.

Zuerst hatten wir eine Kinderdorfmutter, die sehr streng war, aber nach kurzer Zeit haben wir eine viel nettere bekommen.

Wir haben bis heute viel Spaß mit ihr.

Zuerst waren wir vier allein mit ihr, aber nach einigen Wochen kam noch ein Mädchen dazu.

Wir vermehrten uns zu einer immer größeren Kinderdorffamilie.

Wir sind jetzt schon neun Jahre hier, und im Moment sind wir neun Kinder.

Unsere Mutter kommt uns öfter besuchen. Wir fahren auch manchmal zu ihr.

Ich finde es schön, dass unsere Mutter sich um uns kümmert. Aber ich finde es doof, dass unser Vater nicht mal Kontakt zu uns haben will. Ich würde gern mal meinen Vater sehen.

Das letzte Mal habe ich ihn mit fünf Jahren gesehen.

Ich glaube, meine Brüder würden sich auch freuen, wenn sie unseren Vater mal wieder sehen würden.

Hier in meiner neuen Familie fühle ich mich glücklich, auch wenn es mir schwer fällt, dass ich nicht bei meiner Mutter leben kann wie alle aus meiner Klasse. Aber zum Glück habe ich einen Freund im Kinderdorf, der in meiner Klasse ist. Dadurch bin ich nicht allein. Früher haben mich meine Schulkameraden immer gehänselt, aber jetzt habe ich viele Freunde. Sie kommen mich auch öfter besuchen und finden, dass ich hier ein gutes Zuhause habe.

In meinem Fußball- und Handballverein habe ich auch sehr viele Freunde.

Im Kinderdorf haben wir auch einen eigenen Verein, eine Akrobatikgruppe. Ich finde das gut, weil sich so die Kinder besser kennen lernen.

Ich kenne viele Kinder, die sagen, dass sie nicht so viel Platz zum Spielen haben wie wir im Kinderdorf. Außerdem haben wir noch eine Werkstatt, in der wir auch unsere Fahrräder reparieren können.

Ich finde es gut hier und hoffe, dass ich noch lange bleiben kann.

Daniel, 5 Jahre

Wie ich ins Kinderdorf kam

Erst waren wir im Kinderheim, dann haben wir meine Sachen gepackt, und dann sind wir hierher ins Kinderdorf gekommen. Katja und Claudia haben mich hergebracht, und ich und Dennis saßen hinten. Dennis ist mein Zwillingsbruder. Katja und Claudia sind die Erzieherinnen vom Heim. Da haben Dennis und ich zusammen geschlafen. Hier schlafen wir nicht zusammen. Im Heim war es schöner als hier. Da gab es größere Bäume, schönere Häuser, und einmal durfte ich mit meiner Erzieherin im Flugzeug fliegen (in den Urlaub). Bei meiner Mama hängen dreißig Bilder, viel mehr als hier. Ich wäre gern bei meiner Mama. Mein Papa war schon zweimal hier, aber meine Mama erst einmal.

Franziska, 17 Jahre, und Rebecca, 14 Jahre

Prinzessinnengeschichte — Es war einmal ...

In einem fernen Land namens W., hinter 7 Bergen und 7 Tälern, leben in einem wunderschönen großen, weißen Schloss 11 wunderschöne Prinzessinnen und 6 Königinnen.

Dieses Schloss ist mit 5 Einzel- und 3 Doppelgemächern ausgestattet.

Jede der Prinzessinnen hat eine Bezugskönigin, die immer für sie da ist, wenn es Probleme gibt.

Wenn die Prinzessinnen am Mittag von den Weisen zurückkehren, von denen sie am Vormittag unterrichtet werden, ist immer eine Königin im Schloss.

Am Mittag erwartet die Prinzessinnen ein leckeres, nahrhaftes Mittagsmahl. Dieses wird von der Schlossküche zubereitet. Nach dem Essen gehen die Prinzessinnen in ihre Gemächer, um sich dort von dem anstrengenden Vormittag auszuruhen. Um 14.00 Uhr verlassen einige von ihnen das Schloss, um sich mit ihren Prinzen zu treffen (falls sie welche haben!!). Sie haben aber nicht allzuviel Zeit, da sie um 17.00 Uhr in ihren Gemächern Hausaufgaben machen müssen, denn auch Prinzessinnen brauchen Schulabschlüsse (weil es heutzutage nicht mehr so viele reiche Prinzen gibt!!!).

Nach unendlichen $1^1/_2$ Stunden gibt es dann Abendbrot, das die Prinzessinnen selbst zubereiten.

Von 19.00 bis 19.30 Uhr sitzen alle zusammengequetscht in der Medienkammer, um die ZDF-Nachrichten zu sehen, auf dass sie wissen, was in der Welt vor den 7 Bergen und den 7 Tälern geschieht.

Nach dieser Zeit dürfen sie dann wieder zu ihren Prinzen.

Viermal in einem Mondwechsel gibt es Gruppenabend. Dieser ist eine Pflichtveranstaltung. Dann sprechen die Prinzessinnen und die Königinnen über die Probleme im Schloss: So würde zum Beispiel jede der Prinzessinnen gerne ein Handy haben, aber manche können sich keines leisten, und die Königinnen würde es nerven, wenn es im Schloss immer piepst.

Manchmal gibt es Zwist und Hader unter den Prinzessinnen. Die Königinnen schaffen es jedoch immer wieder, Konfliktlösungen zu finden.

Jedes Jahr im Sommer machen die Prinzessinnen zwei Wochen mit den Königinnen eine erlebnispädagogisch orientierte Maßnahme. In diesen zwei Wochen wandern alle irgendwo im Ausland, lernen Klettern und besteigen die Berge – ohne Prinzen und ohne königliches Mahl. Auch alle Ballkleider müssen im Schloss bleiben. In dieser Zeit lernen die Prinzessinnen, mit weniger auszukommen und für die anderen da zu sein.

Zweimal im Jahr bilden die Prinzessinnen ein Team, um sich mit den Prinzessinnen und den Prinzen aus anderen Schlössern zu messen. Dieses Turnier trägt den Namen »Adventure Cup«. Dort wird gewandert, geklettert, Mountain-Bike und Kanu gefahren.

Wenn eine der Prinzessinnen Geburtstag hat, wird im Ballsaal eine Big-Fete gestartet. Jede Prinzessin kriegt eine bestimmte Menge Taler im Monat, die sie ausgeben kann, wofür sie will. Auch für neue Kleider kriegen die Prinzessinnen Taler.

An jedem Wochenende müssen die Prinzessinnen das Schloss selbst säubern. Den Schlosshof machen alle zusammen und haben dabei viel Spaß, weil mit riesigen Schlossbesen aller Hexenzauber und Unrat weggefegt werden.

Eigentlich haben die Prinzessinnen ein schönes Leben. Aber dann und wann sind sie ärgerlich, weil sie die Königinnen zu streng finden. Es ist den Prinzessinnen manchmal einfach zu mühsam, ihre Pflichten zu erledigen.

Sie müssen kochen, putzen, waschen, riesige Einkaufskörbe den Schlossberg hinaufschleppen und sogar spülen! Aber sie wissen, sie müssen dies alles lernen, damit sie später ihr eigenes Schloss führen können. Zu den Pflichten einer jeden Prinzessin gehört auch, dass sie mit der Bezugskönigin oder auch mit allen Königinnen gleichzeitig Gespräche führt.

Es werden Themen behandelt wie: Umgang mit Sexualität, Tugenden wie Ehrlichkeit und Zuverlässigkeit, Auseinandersetzung mit der eigenen Vergangenheit, Kritikfähigkeit und Sozialverhalten.

Also wirklich – auf diesem Schloss lässt es sich gut leben. Die Königinnen und Prinzessinnen teilen Freud' und Leid miteinander! Sie halten immer zusammen!

Und wenn sie nicht gestorben sind, dann leben sie noch heute!!!

Dietz, 18 Jahre

Hallo, mein Name ist Dietz. Ich bin 18 Jahre alt und wohne seit eineinhalb Jahren in einer Wohngruppe für Jugendliche. Hier mache ich nun seit fast einem Jahr Hip-Hop und schreibe mit meinem Betreuer Texte dazu. Er hilft mir, meine Ideen oder Gedanken aufs Papier zu bekommen. Mir gefällt diese Wohngruppe in N. ziemlich gut, weil Interessen gefördert werden. Meine Texte sind entstanden durch wahre Begebenheiten und durch den vielen Mist, den ich täglich sehen muss. Ich glaube, dass ich nicht viel mehr zu meinen Texten erklären muss, da sie sehr deutlich sind. Ich hoffe, dass ich vielen aus der Seele spreche und manche anfangen nachzudenken.

Ich bin nicht blind (Hip-Hop-Text)

Lasst mich erzählen, was unter meinen Nägeln brennt
Und was Ihr sehen könnt, wenn Ihr durch die Straßen rennt
Komische Typen mit irgendwelchen Waffen
In irgendwelchen Gassen oder Untergrundpassagen

Refrain: Ich bin nicht blind oder sehe andere Sachen
Ich seh, wie Du, meist fiese Machenschaften
Pack Deinen Mut – ändern wir die Sachen
Eins, zwei, (drei) – zusammen durchstarten

Ich seh so manche dumme Anmache auf Weg zur Schule
»Gib mir eine Deiner Kippen, oder willst du bluten«
»Gib mir auch Deine Jacke – sonst frisst Du Kacke«
»Und Deine Schuhe sehen aus wie meine«
alleine – kannst Du manchmal nichts machen wie Du willst
nicht mehr zur Schule oder andere Sachen machen

Refrain

Vom korrekten Abzug – spricht man dann
Wo ich mich echt nur wundern kann
Mit Euch würd ich im Leben niemals tauschen
Geht einmal in Euch – Ihr könnt es brauchen

Kannst auch Du nicht fassen, was hier abgeht
Man kann nicht wegschauen oder das so lassen
Man kann auch nicht die ganze Welt nur hassen
Ihr könnt es auch nicht nur mir überlassen

Pack Deinen Mut – ändern wir die Sachen
Pack Deinen Mut – ändern wir die Sachen
Pack Deinen Mut – ändern wir die Sachen
Eins, zwei, (drei) – zusammen durchstarten

Refrain

Glaub es mir (Hip-Hop-Text)

Schweißgebadet aufgewacht, nur an Dein Gesicht gedacht.
Dein Lachen hat sich nun gelegt, durch dieses Scheißzeug
   lahmgelegt.
Ich seh Dich noch sitzen in einem Café,
Wo ich nun meinen Blick nach Dir dreh.

Refrain: Glaub es mir, wenn ich es Dir sage,
          verändern wird sich deine Lage.
          Durch dieses Zeug wird keiner glücklich –
          Verschwinde damit – verpiss Dich endlich!

Deine Stimmung war nicht angepasst,
Durch Drogen einfach plattgemacht,
Weinend einfach schlapp gemacht,
Zitternd dann die Nacht verbracht.
Nun bist Du nicht mehr hier bei mir,
Verflucht sei diese Drogengier!

Refrain

Alleine sitz ich nun noch hier,
Dein Weinen geht noch ganz durch mir,
Ich wünsch' Du hättest es nie genommen,
Ich wünsch' Du hättest neu begonnen!

Refrain

Alexis, 14 Jahre

Hallo, mein Name ist Svenja!

Ich bin 14 Jahre jung und lebe seit gut drei Jahren in einem Kinderhaus mit fünf anderen Geschwistern. Als ich ein Jahr alt war, haben sich meine Eltern getrennt, mein Vater ist nach M. gezogen, weil er da Arbeit gefunden hat, und hat auch wenig später eine kleine Familie gegründet. Damit meine ich, dass ich einen kleinen Halbbruder habe.

Meine Mutter fing an zu trinken, und ich musste darunter leiden, sie hat mich geschlagen, verprügelt und ihre schlechte Laune an mir ausgelassen. Na gut, ich muss zugeben, ich habe meine Mutter bestohlen, weil wir meistens kaum etwas zu essen im Schrank hatten. Ganze elf Jahre hat das Jugendamt versucht, mich meiner Mutter wegzunehmen. Weil meine Mutter halt ständig mit anderen Männern nach Hause kam, die mich halt auch belästigt haben. Dann, als ich zehn war, hat meine Mutter mich in einer Kindertagesstätte angemeldet. Als ich dann elf war, wollte ich von meiner Mutter weg, ich bin zum Jugendamt gegangen, habe mit meiner Sachbearbeiterin gesprochen, und die hat gleich darauf einen Platz für mich im Heim gefunden. Dann einen Tag später kam ich ins Heim nach D. Ich habe mich sofort gut mit allen verstanden und wurde sehr lieb akzeptiert.

Ich war ungefähr eine Woche da, als dann meine Sachbearbeiterin vom Jugendamt gesagt hat, dass ich in eine familiäre Umgebung gehöre. Sie sagte, dass sie in O. einen Platz für mich hat.

Der Anfang war ziemlich schwer, ich musste mich an Regeln halten, die ich bei meiner Mutter nicht hatte. Ich war ja schließlich ein Einzelkind, das noch nie mit Geschwistern gelebt hatte, mit denen man teilen muss. Ich konnte keine Kritik ertragen, und wenn mir etwas nicht passte, stampfte ich in mein Zimmer und knallte die Türen. Man glaubt es kaum, ich wollte tatsächlich zu meiner Mutter zurück. Aber es ging nun mal nicht!

Schließlich erlebte ich dann einen geregelten Tagesablauf und lernte allmählich, mich daran zu halten. Es war schön für mich, wenn ich aus der Schule kam, dass es etwas zu essen für mich gab und immer jemand da war. Ich musste die Regeln eines Zusammenlebens lernen, das ging nicht ohne Streit ab. Aber irgendwann habe ich den anderen Lebensstil begriffen und glaube auch, dass es für mich wichtig ist, meine eigene Zukunft zu planen.

Seit einiger Zeit gehe ich zur Therapie, zu einer Psychologin.

Ich hatte die Absicht, die Beziehung zu meiner Mutter für mich aufzuarbeiten. Eigentlich hat mich diese Therapie mehr verunsichert, als mir geholfen. Sie hat den Kontakt zu meiner Mutter weder verbessert noch das Verhältnis zu meiner Pflegemutter gestärkt. Ich bin jetzt froh, dass meine Therapie bald beendet ist, und glaube, dass ich auch aus eigener Kraft, durch offene Gespräche, ein ehrlicheres Verhältnis erschaffen kann.

In der Schule bin ich bei unserer Mädchenclique von Anfang an schon immer im Mittelpunkt gewesen. Und natürlich auch bei den Jungs, weil ich mich nicht so möchtegernsexy zeige wie die anderen Mädchen. Ich habe keine Feinde auf meiner Schule. Aber in meiner Klasse ist es auch nicht sehr einfach!

Weil Jungs meine Schwächen ganz genau kennen. Wenn ich mich mal mit ihnen streite, sagen sie immer was gegen meine Mutter wie zum Beispiel: Sag deiner Mutter, dass sie schon mal die Pulle Wodka kalt stellen soll, wir kommen heute mal vorbei!«

Es tut schrecklich weh, wenn sie das oder Ähnliches sagen. Mit meiner Mutter habe ich noch guten Kontakt, ich gehe sie öfters besuchen und übernachte auch manchmal da.

Mit ihrem Lebensgefährten verstehe ich mich prima! Sie haben auch fünf Tiere, vier männliche Ratten und einen Bernersennenhund. Hier bei mir zu Hause haben wir sehr viele Tiere, zwei Chinchillas, die beide mir gehören, zwei Kaninchen, vier Meerschweinchen, zehn Wellensittiche, zwei Hunde und Fische. Meine Lieblingstiere sind Hunde, am liebsten mag ich den Rottweiler und den Dogo Argentino, eigentlich kenne ich mich relativ gut mit Hunden aus, genau wie mein Vater, der einen Bernhardiner und einen Jack-Russell-Terrier besitzt und mit seinem Bernhardiner eine Ausstellung nach der anderen gewinnt.

In meiner Freizeit unternehme ich gerne was mit meiner Clique. Außer dienstags und freitags. Dienstags muss ich immer zur Therapie und freitags zum Turnverein.

Wenn ich mal traurig bin, oder wenn mich eine Sache bedrückt und ich mal richtig nachdenken muss, kann ich das mit Hip-Hop-Musik wie z. B. Santana mit dem Titel »Maria, Maria«, das beruhigt mich und macht mich wieder heiter, oder ich lese in einem Liebesroman über Jugendliche, die ihre erste große Liebe erleben.

Ich habe so die Vorstellung, bis zur Beendigung meiner Schullaufbahn im Kinderhaus zu wohnen. In dieser Zeit werde ich mit meiner Pflegemutter alles üben, was mich in meiner Selbstständigkeit fördern kann!

Ich wünsche mir, dass ich einen guten Ausbildungsplatz als Friseuse kriege und mir mal eine eigene Wohnung leisten kann.

Meine Pflegemutter und meine Pflegevater werden meine Freunde bleiben und mich unterstützen, wenn ich von ihnen in die Selbstständigkeit ziehe!

Marc-André, 14 Jahre

Als ich in der Gruppe neu war, war ich erstmal scheu. Ich bin traurig, weil meine Mutter gestorben ist. Als meine Mama im Krankenhaus war, war ich schon in der Gruppe und habe an einem Tag geweint. Am Anfang war die Schule neu für mich, und ich habe Frau N., meine Lehrerin, noch nicht so richtig gekannt. Alle Lehrer habe ich noch nicht gekannt. Alles war für mich neu, die Schule und die Gruppe. Am Anfang hatte ich Heimweh, und dann kannte ich schon alles. Die Erzieher haben mir erzählt, wie die Gruppenregeln sind. Es ist mir schwer gefallen, ins Heim zu ziehen. Ich habe meine Eltern vermisst. Manchmal verstehe ich mich mit den Jungs sehr gut, manchmal auch nicht. Ich bin schon mal abgehauen. Da habe ich mich nicht so gut gefühlt. Abgehauen bin ich, weil ich Ärger in der Gruppe hatte. Oliver habe ich schon mal die Schuhe kaputt geschnitten, dann musste ich dem Oliver neue Schuhe kaufen. Seinen Dinosaurier habe ich auch mal kaputt geschnitten, und dann habe ich dem Oliver einen neuen Dino gekauft. Und als ich mit der Gruppe im Urlaub war, habe ich mich sehr gut benommen. Als ich abgehauen bin, wurde ich von der Polizei zurückgebracht. Jetzt habe ich mich sehr gut benommen. Jetzt verstehe ich mich wieder gut mit den Erziehern, und wir sind wieder Freunde.

Marcel, 11 Jahre

Wie es am Anfang für mich war

Erst war es für mich ein Schock! Als ich ins Kinderhaus kam. Ich kannte die Erzieher nicht mal. Als ich dann hierher kam, war ich 5 Jahre alt. Ich habe mich immer in einem Karton versteckt. Hubert & Monika, so heißen die Erzieher, konnten mir nur Fragen stellen, die ich mit ja oder nein beantworten konnte, sonst hätte ich nicht geantwortet. Meine Eltern sind geschieden. Wir haben mit dem Jugendamt ausgemacht, dass ich 2 Wochen im Kinderhaus bin, 1 Wochenende bei meiner Mutter, 2 Wochen wieder im Kinderhaus und 1 Wochenende bei meinem Papa bin. Ich habe mich jetzt sehr gut eingewöhnt.

Ich kenne meinen Papa jetzt ein Jahr lang. Am Anfang kannte ich meinen Papa erst durchs Briefeschreiben und durchs Telefon. In der Schule bin ich in einem Notendurchschnitt von 3,3. Ich wünsche mir, in eineinhalb Jahren zu meinem Papa zu ziehen. Nur das glaube ich nicht, weil ich mich jetzt gut eingewöhnt habe. So genau weiß ich es nicht mehr. Aber Hauptsache ist, dass ich gesund bin, dass ich ein Dach über dem Kopf habe und gut ernährt werde. Meine Hobbys sind Fußball spielen und schwimmen.

Ich finde, dass es mir gut geht.

Tschüs, bis bald!
Euer Marcel

Angela, 11 Jahre

Hallo, mein Name ist Angela.

Ich wohne seit 1993 in einem Kinderhaus. Ich möchte euch gerne erzählen, wie es mir hier geht. Ich lebe hier mit sechs anderen Kindern und meiner Mama und meinem Papa. Wir haben auch Tiere: einen Hund, zwei Katzen und zwei Kaninchen. Meine Mutter ist eine Diplom-Sozialpädagogin. Wir haben ein sehr großes Haus, jeder hat ein eigenes Zimmer. Wir haben auch einen kleinen Spielplatz mit einem Sandkasten, einer Schaukel und einem Klettergerüst zum Spielen. Unsere Mama kocht immer gutes Essen. Es schmeckt mir immer sehr gut. Wir wohnen nah an einem Wald und einer Wiese. Ich spiele oft mit unserem Hund Fußball oder gehe spazieren. In der Nähe gibt es auch einen Sportverein, dort gehe ich mittwochs immer hin. Im Sommer fahren wir entweder in die Ferien oder machen zu Hause Ausflüge oder gehen schwimmen. Auch wenn es mal regnet, ist uns nicht langweilig. Wir spielen Spiele oder lesen, hören Kassette oder gucken fern. Wir gehen auch alle zur Schule. Wenn wir nachmittags die Hausaufgaben schnell machen, können wir sogar noch lernen oder draußen spielen. Zum Geburtstag, Weihnachten und Ostern kriegt auch jeder ein Geschenk. Und wenn wir etwas haben wollen, müssen wir nur fragen. Meistens kriegen wir es dann auch. Ich freue mich sehr, dass ich hierher gekommen bin, denn so, wie es mir geht, geht es vielen Kindern nicht!

Daniela, 12 Jahre

Hallo, ich bin die Daniela!

Ich bin 12 Jahre alt und bin schon neun Jahre hier im Kinderheim. Ich habe einen Bruder und zwei Schwestern. Eine davon lebt mit mir hier zusammen in Gruppe 1. Wir sind eine Mädchengruppe und haben vor kurzem Gruppenfest gehabt. Davon will ich Euch jetzt erzählen.

Wir haben so schönes Wetter gehabt, deshalb haben wir zuerst den Balkon geschrubbt. Mit nackten Füßen, jeder einen Schrubber in der Hand und viel Schaum putzten alle Mädchen den Balkon blitzblank. Und dann holten wir aus unserem Gruppenkeller die Bänke und den Tisch hoch. Puuh, war das schwer! Als sie dann endlich auf dem Balkon standen, machten wir uns hübsch für das Fest, so wie Mädchen das nun einmal tun …

Das Fest begann, als Sr. Matthäa, unsere Heimleiterin, freudig zu uns in die Gruppe kam, um mit uns das schöne Fest zu feiern. Zuerst grillten wir ganz gemütlich, aßen und tranken viel. Danach hörten wir die Geschichte unserer Gruppenheiligen: Katharina von Siena. Der Gedenktag dieser Person war der Anlass für unser Fest. Sie ist uns Vorbild, weil sie hilfsbereit war und mutig und vor allem sehr schlau!

Sr. Matthäa überreichte uns die Geschenke für die Gruppe: ein Mandala-Mal- und Bastelbuch, viele Stifte und Fensterfarben. Echt Klasse! Danach war das Fest zu Ende, und wir hatten noch einen gemütlichen Abend zusammen.

Ottilie, 10 Jahre

Ich heiße Ottilie und lebe im Kinderheim. Ich bin 10 Jahre alt, hatte vor 5 Tagen Geburtstag.

Meine Mutter hat nicht das Sorgerecht für mich, weil sie sich nicht um mich sorgen kann. Ich habe noch zwei Brüder. Sie heißen Alexander und Sebastian.

Meine Bezugserzieherin heißt Alex. Alex und ich waren an meinem Geburtstag eine Uhr kaufen und einen neuen Badeanzug. Danach waren wir im Cineluxkino: »Otto – Der Katastrophenfilm«. Der hat mir gut gefallen. Ich durfte mir zum Geburtstag aussuchen, was ich machen möchte. Ich durfte mir entweder eine Geburtstagsparty aussuchen oder mit Alex was alleine machen. Und ich habe mir ausgesucht, dass ich was alleine mache. Und am Schluß waren wir im Mc Donald's, und ich habe einen Geburtstagsspruch gesagt. Er heißt: Das Geburtstagskind kriegt immer seinen Willen.

Ich bin $5^1/_2$ Jahre im Kinderheim; $3^1/_2$ Jahre in der Außenwohngruppe und 2 Jahre hier in der Gruppe 1. Hier wohnen 8 Mädchen. Hier in der

Gruppe ist es manchmal launig, ich meine so trotzig, und manchmal ist es auch ganz gut hier in der Gruppe. Wir machen manchmal hier in der Gruppe Spaß, Fernsehen gucken und manchmal auch die Türen knallen. Und manchmal haben die Erzieher einen Hals auf uns und schicken uns ins Zimmer. Manchmal fliegen wir auch vom Tisch.

Wir machen manchmal eine Gruppenstunde, wo alle Kinder teilnehmen müssen. Die Stunden machen mir wirklich viel Spaß. Eine Stunde ist, da überlegt sich ein Erzieher, was er heute mit den Kindern machen will.

Das letzte Mal haben wir an den Gipsmasken gearbeitet. Meine sah so aus: roter Lippenstift, mit Pailletten oben drauf. Alex erzählt uns Fantasiereisen, wir legen uns hin und suchen uns ein Plätzchen und machen die Augen zu und hören genau zu.

Das hat alles Ottilie gesagt. So ist das bei mir in der Gruppe. Eigentlich möchte ich zu Mama und auf einer Seite auch hier in der Gruppe bleiben. Ich habe ein Telegramm zum Geburtstag von Mama bekommen, und meine Mutter hat sich vorher eineinhalb Jahre nicht gemeldet.

Sabrina, 12 Jahre

Mein Leben im Heim

Ich heiße Sabrina und bin zwölf Jahre alt. Nun bin ich schon zwei Monate hier, und mir geht es richtig gut hier.

Naja, am ersten Tag war es doch ganz komisch, aber jetzt habe ich viele Freunde gefunden. Ich bin in einer Mädchengruppe, und leider sind es alles nur Erzieherinnen. Es wäre schön, wenn hier auch Erzieher arbeiten würden.

Ihr seid bestimmt neugierig und wollt wissen, warum ich hier bin, ja, das sage ich euch mal: Ich hatte Meinungsverschiedenheiten mit meinen Eltern. Ja, mehr möchte ich nicht darüber schreiben.

Am ersten Tag haben die Erzieherinnen mich nach meinen persönlichen Angaben gefragt und mir alles erklärt. Die Kinder haben mich gefragt, warum ich gekommen bin, sie haben mir auch ihre Gründe erzählt.

Ich wohne mit einem dreijährigen Mädchen auf einem Zimmer. In jeder Woche gibt es Taschengeld. Essen bekommen wir aus der Großküche, und am Wochenende kochen wir selbst. Der Tagesablauf ist hier, dass wir in die Schule gehen, und dann essen wir. Danach gibt es noch die Mittagspause und die Hausaufgabenzeit. Wenn wir Termine haben, gehen wir da hin, und Hobbys hat auch jedes Kind. Ich gehe mit zwei anderen Mädchen zum Tanzen und spiele Fußball. Oft machen wir auch einen Gruppenabend, an dem wir Probleme besprechen, basteln, spielen oder Entspannungsübungen machen.

Also, wenn du mal ins Heim kommst, dann brauchst du überhaupt keine Angst zu haben, denn jetzt weißt du ja, wie es hier ist.

Angelika, 20 Jahre

Was ich im Heim gern erleben möchte — eine Phantasie-Geschichte

Ich stelle mir vor:
Wie wäre es, wenn das ganze Heim ein Schiff wäre?
Das Heim würde schwimmen, und alle wären auf dem Meer.
Da wäre der Kapitän.
Ein freundlicher Mann mit rundem Bauch.
Da wären noch Matrosinnen: lustig und auch hübsch!
Und ganz wichtig: die Köchin.
Die Köchin macht ein faaabelhaftes Essen – so fabelhaft, dass man es ihr ansieht: Sie ist rund wie ein Kartoffelkloß.
(Ganz besonders gut schmeckt mir ihre Lasagne! Und ihr Mousse au Chocolat schmeckt wie Schokoladenwölkchen – hmmm!)
Und der Rest?
Alles tolle Mädchen und Frauen.
Immer zwei wohnen in einer Kajüte.
Und es gibt keinen Zank. Keine Streiterei. Kein Haareraufen.
Keine Eifersucht. Kein Hauen und Stechen – um Jungens.
Weil keine da sind.
Eine Phantasiegeschichte eben, von einem Traumschiff.
Eine traumhafte Geschichte.

Benjamin, 15 Jahre

**Wunschgeschichte für das Jahr 2004 – wenn
Benjamin und Asli 19 Jahre alt geworden sind**

Es ist die Geschichte von Benjamin und Asli, die gerade geheiratet haben – also eine
Wunsch-Liebes-Geschichte.

Sie spielt im Wunschland, nämlich in der
Türkei am Meer.

In Asli's Heimatort.

Es ist auch eine Wunsch-Liebes-Ferien-Ge-
schichte – für ganze sechs Wochen!

Die Geschichte spielt in einem Haus am
Strand, ganz nah am Meer – mit Klima-
anlage.

Dort wird sie dann zur Wunsch-Liebes-
Ferien-Sonnen-Geschichte.

In der Geschichte ist Benjamin mit Asli allein
im Haus am Meer, damit beide ganz ungestört
sein können beim Streicheln, Küssen und
Schmusen – und bei allem, was sonst noch
für sie schön ist.

Die Geschichte wird dann zur Wunsch-Lie-
bes-Ferien-Sonnen-Schmuse-Geschichte.

Ab und zu kann es auch Besuch geben. Vielleicht zum gemeinsamen Kochen oder zu Kaf-
fee & Kuchen – am liebsten mit Eierlikörtorte.

An ganz heißen Tagen gibt es Milchshakes
oder selbstgemachte Zitronenlimonade. Im
Haus gibt es auch eine Glotze mit Video,
einen CD-Spieler und: ein Riesenbadezimmer
mit Rollstuhldusche!

Ab und zu kommen natürlich auch Helfer
ins Haus zum Putzen, Spülen und solchen
Dingen.

Die Wunsch-Liebes-Ferien-Sonnen-Schmu-
se- Geschichte soll enden mit einem Rückflug
über den Wolken, mitten durch den himmel-
blauen Himmel – ohne Sonnenbrand.

Die Geschichte soll Benjamin und Asli in Erinnerung bleiben als Wunsch-Liebes-Ferien-
Sonnen-Schmuse-Himmels-Geschichte … –
ab 2004!

Roseline, 17 Jahre

Meine Geschichte

Ich heiße Roseline.

Ich komme aus Kenia, Stadt Mombasa, und wohne in Deutschland seit 1994. Hier in Deutschland habe ich zwei Jahre lang bei meiner Tante gewohnt. Aber sie war eine sehr starke Alkoholikerin und macht sehr viel Scheiße in der Stadt. Wenn ich sie manchmal besuche, dann weint sie immer, weil sie mich oft geschlagen hat, als ich noch bei ihr gewohnt habe. Aber in Kenia hat sie mich noch nie geschlagen oder angeschnauzt. Das alles hat erst hier in Deutschland angefangen.

Dann kam ich irgendwann ins Kinderheim in S. Ich konnte kaum Deutsch sprechen, deshalb verstand ich nicht alles, was mir die Erzieherinnen sagten. Dann kam ich in die Schule. Das war nicht so einfach für mich, weil ich kaum Deutsch konnte. Und zu der Zeit war ich die einzige Schwarze in der Klasse. Ich hatte keine Freunde auf der Schule. Aber jetzt habe ich eine beste Freundin, sie heißt Rukaiya-tu, und sie kommt aus Ghana. Viele Leute fragen uns, ob wir Geschwister sind.

Mittlerweile gehe ich schon auf eine Hauptschule in M. und spreche ganz gut Deutsch.

Hier in S. geht es mir sehr gut. Wir fahren immer in den Sommerferien in Urlaub für zwei Wochen. Mit meiner Tante bin ich noch nie in Urlaub gewesen.

Ich hatte hier mal eine Lieblingserziehe-rin, sie hieß Irena. Als sie aufgehört hat, war ich sehr traurig darüber, aber ich habe es verstanden, weil alle Menschen müssen sich manchmal trennen. Aber mit anderen Erziehern komme ich ganz gut aus. Die sind immer für mich da, das finde ich schön.

Aber ich habe manchmal sehr große Angst um meine Tante. Ich weiß, dass sie mich geschlagen hat und mir nie Taschengeld gegeben hat. Aber sie ist meine Tante, und ich kann sie nicht im Stich lassen, wenn sie meine Hilfe braucht.

Hier in S. habe ich zwei Zimmer bekommen, und ich bekomme jeden Monat Taschengeld und Kleidergeld plus Liebe.

Natalie, 16 Jahre, und Nicole, 17 Jahre

Das neue Leben (Songtext)

Als wir noch bei unseren Eltern lebten,
gab es keine Liebe oder Zuneigung für uns.
Stattdessen wurden wir abgeschoben.
Unsere Eltern verachteten uns,
gaben uns das Gefühl, nicht erwünscht zu sein.

Refrain:
Ihr gabt uns eure Liebe nicht,
denn Liebe kanntet ihr selber nicht.
Euer Scheiß-Leben woll'n wir nicht!
Wir woll'n ein neues Leben,
ein neues Leben,
ein neues Leben mit Zukunft.

Das Wort Freiheit kannte keiner von uns.
Für jeden Scheiß bekamen wir Prügel,
wurden eingeschlossen und verstoßen.
Hatten kein Geld für vernünftige Kleidung,
liefen ungepflegt und asozial rum,
wurden von Mitschülern aufgezogen,
hatten keine richtigen Freunde,
nur die, die uns ins Unglück brachten.

Refrain

Zu Hause gab es nur Befehle:
»Pass auf Deine Geschwister auf!«, und: »Du musst noch dies und
das erledigen!«
Eine Zukunft war für uns nicht in Sicht.
Das Leben hatte für uns keinen Sinn mehr,
Selbstmordversuche standen schon fast auf dem Tagesplan.

Refrain

Dann kam die Rettung:
Unser neues Leben begann.
Wir bekamen unsere zweite Chance im Jugendhaus am St.
Dort haben wir endlich gefunden,
was wir früher nie bekommen hatten.
Und das ist Liebe, Zuneigung und Vertrauen,
darauf können wir jetzt bau'n.

Refrain:
Ihr gabt uns eure Liebe nicht,
denn Liebe kanntet ihr selber nicht.
Euer Scheiß-Leben woll 'n wir nicht!
Wir haben ein neues Leben,
ein neues Leben,
ein neues Leben mit Zukunft.

Wir hatten einen Grund weiterzuleben
und uns selber nicht aufzugeben.
Es ist immer jemand da, wenn wir jemanden brauchen.
Unser Selbstvertrauen wurde aufgebaut.
Wir lernten, uns selbst zu akzeptieren,
und werden auch von anderen so akzeptiert, wie wir sind.

Refrain

Wir haben endlich Freunde.
Freunde, die uns zeigen, wie das Leben wirklich ist
und wie man's lebt.
Endlich haben wir unsere Freiheit,
für die wir aber auch was tun müssen,
um zu lernen, eine Zukunft aufzubauen.
Wir haben aus dem Leben gelernt,
vor allem auch mit unserer Vergangenheit umzugehen.

Refrain

Mit diesem Lied wollen wir uns insbesondere
bei zwei bestimmten Erzieherinnen herzlich bedanken.

Seitdem ich hier wohne, hat sich ziemlich viel geändert. Ich mache mehr Sachen für mich, wie zum Beispiel lernen, muss selber viele Entscheidungen treffen, aus eigenen Fehlern lernen, mit anderen Kindern und Jugendlichen wohnen.

Das alles ist nicht immer einfach; ich gehe zur Schule, sitze bis zu 7 Stunden, höre anderen zu, komme hierher, will, dass mir auch zugehört wird, doch das klappt nicht immer. Mit vielen Sachen muss man sich selbst auseinandersetzen, vielleicht sind deshalb so viele Kinder hier sehr selbstständig. Meine Ruhe habe ich in meinem Zimmer. Sonst habe ich ständig Leute um mich herum, was natürlich sowohl Nachteile als auch Vorteile hat. Oft sitzen wir, die Älteren, abends vor dem Fernseher, lachen, unterhalten uns und haben sehr viel Spaß dabei.

Die Erzieher sind sehr nett. Wenn ich Probleme habe, sind sie immer für mich da. Jeder von uns hat jemanden von ihnen, dem er alles erzählt, den er sehr gerne hat.

Oft gehen wir mit den Kleinen spazieren und spielen mit ihnen. In den Sommerferien fahren wir nach Holland – ich nicht, weil ich zu meiner

Familie nach P. will. Das tut gut, wegzufahren, man freut sich dann darauf, wieder da zu sein. Wenn einer weggehen würde, wäre ich traurig (natürlich jemand, der schon länger hier ist, den man gut kennt). Als ich weg war, habe ich mich sehr darauf gefreut, wieder da zu sein, und als ich kam, haben sich auch alle hier sehr gefreut. Das war sehr schön für mich.

Hier akzeptieren mich alle so, wie ich bin, sie akzeptieren meine Freunde und meine Angewohnheiten. Hier kann ich sagen, was ich denke und fühle, und habe keine Angst. Seitdem ich hier bin, habe ich viel mehr Selbstbewusstsein. Nur manchmal bin ich sehr einsam, ich fange dann an zu träumen. Es ist schön, träumen zu können.

Das Wort »Heim« mag ich nicht. »Heimkind« wird man dann genannt. Viele haben auch falsche Vorstellungen davon.

Ich bin glücklich: habe eine gute Freundin, Freunde in der Schule, einen lieben Freund, besuche eine gute Schule, verstehe mich gut mit meinen Erziehern, eigentlich mit allen, die hier wohnen (meine Gruppe), und mit meinen Lehrern.

Ich mache mir viele Gedanken über meine Zukunft und werde versuchen, das Beste daraus zu machen.

Natascha, 13 Jahre

Liebes Tagebuch!

In der Schule war es heute sehr schön. Das war
aber nicht immer so. Es gab eine Zeit, da wurde
ich gehänselt und verachtet, nur weil ich im Heim
wohne. Aber vielleicht lag es auch an meinem
Aussehen. Ich sah eine Zeitlang sehr ungepflegt
aus. Und ich hatte nur wenige Freunde. Es ging
mir nicht gut damit, und ich hatte auch oft Ärger
mit meinen Erziehern, und wenn dann auch noch
meine Eltern nicht kamen, war ich sauer und ließ
meine schlechte Laune an meinen Mitmenschen
aus. Es ist manchmal sehr schwer, im Heim zu
wohnen. Doch es hat sich sehr vieles geändert.
Ich sehe meist ordentlich und gepflegt aus. Und
ich habe eine Menge Freunde. Ich werde auch
nicht mehr gehänselt, außer in meiner KUMUDA-
Gruppe, das heißt: Ästhetische Kommunikation.
Das ist ein Wahlpflichtfach, in dem wir »Theater«
spielen. Dort nennen sie mich manchmal »To-
mate«, weil ich so schnell rot werde. Das macht
mir nicht sehr viel aus, auch wenn es manchmal
nervt. Ich verstehe mich auch sehr gut mit meinen Erziehern und Mitmenschen. Eines fällt mir
aber noch schwer: nämlich Abschiednehmen.
Wenn man sich nämlich an jemanden gewöhnt
hat und einen sehr gern hat, ist es sehr schwer
für mich, Abschied zu nehmen. Doch hier geht es
mir sehr gut.

Mathias, 9 Jahre

Manchmal bin ich traurig

Früher habe ich mit meinem Papa, meiner Mama und meinem Bruder zusammengewohnt.

Jetzt wohne ich im Heim mit meinem Bruder zusammen in der gleichen Gruppe.

Weil meine Eltern sich häufig gestritten haben, sind wir im Heim.

An einen Streit kann ich mich noch gut erinnern. Da hat mein Vater meiner Mutter Bierflaschen über den Kopf geschüttet.

Mein Papa kommt immer zu Besuch, und meine Mutter hat nicht das Sorgerecht über mich, sondern mein Papa. Meine Mama kommt nämlich nicht regelmäßig zu Besuch und hält sich nicht an Termine.

Mein Papa hält sich immer an Absprachen.

Hier in der Gruppe 5 ist es fast so schön wie beim Papa. Ich spiele gerne Fußball und freu' mich, dass wir häufig schwimmen gehen können. Und ich freue mich, dass wir hier Pferde haben, die lieb sind. In der Schule wurde ich nie gezankt mit »Heimkind« oder so was, obwohl alle wissen, dass ich im Heim lebe.

Die Erzieher sind sehr nett. Wenn es mein Leibgericht Milchreis gibt, bekomme ich manchmal einen Extra-Topf – nur für mich! Die Kinder sind hier auch nett. Mit denen bin ich gut befreundet. Besonders mit meinem Bruder Reiner. Hier gibt es auch Taschengeld, ich kriege 3.– DM pro Woche. Ich kaufe mir im Winter gerne Süßigkeiten oder im Sommer Eis.

Wenn ich über Früher nachdenke, bin ich manchmal fröhlich und manchmal traurig.

93

Michele, 12 Jahre

Alle in meiner Klasse wissen, dass ich im Heim bin.

Ich habe damit keine Probleme. Die Erzieher sind wie Vater und Mutter für mich. Ich habe mich daran gewöhnt, dass die Erzieher sich jeden Tag abwechseln. Und ich fühle mich sehr wohl im Heim. Ich lebe schon lange hier im Heim. Seit 9 Jahren. Wir fahren auch jeden Sommer mit allen Kindern und Erziehern in den Urlaub. Das macht mir Spaß.

Matthias, 15 Jahre

An den
Verlag Kiepenheuer & Witsch
Rondorfer Str. 5
50968 Köln

Sehr geehrte Damen und Herren,

ich habe Ihren Aufruf im Heim bekommen und
habe Lust, Ihnen meine Geschichte zu erzählen.
Mein Name ist Matthias. Ich bin fast 16 Jahre
alt und wohne seit ungefähr einem Jahr im Kinderheim D. Warum ich hier lebe, versuche ich in
einer Geschichte zu erzählen. Meine Probleme
fingen damit an, dass mein Vater die Familie verlassen hat, als ich ungefähr 3 Jahre alt war. Wir
lebten damals in einem Haus in der Nähe von E.
Mein Vater hatte zu der Zeit viel getrunken und
oft abends Streit mit meiner Mutter.
Als er wegging, war ich traurig, aber ich habe
das alles noch nicht so richtig verstanden ...
Nach relativ kurzer Zeit lernte meine Mutter
einen anderen Mann kennen, der später dann zu
uns gezogen ist. Ein Jahr später wurde meine
Schwester M. geboren. Anfangs hatte ich mich
mit meinem Stiefvater gut verstanden, aber bald
gab es auch mit ihm große Probleme. Diese waren
für mich in diesen Alter sehr schlimm, denn sie
hatten mit sexuellem Missbrauch zu tun. Viel-

leicht verstehen Sie, dass ich darüber nicht so gerne sprechen möchte ...

Mein Stiefvater wurde nach diesen Vorfällen von einem Richter bestraft. Meine Mutter trennte sich von ihm, und wir zogen nach B. Dort wohnten wir 6 Jahre lang. In dieser Zeit hatte ich oft Streit mit meiner Mutter, weil ich mir von ihr nichts mehr sagen lassen wollte. Wir bekamen dann einen sozialpädagogischen Familienhelfer, den ich einfach klasse fand!! Er kümmerte sich um uns, damit wir lernen sollten, unser Leben wie eine »normale Familie« zu führen. Aber leider reichte diese Hilfe nicht für unsere Probleme aus. Nach einiger Zeit fand ein Gespräch mit dem Jugendamt statt. Dabei wurde überlegt, ob es nicht besser für meine Schwester und mich wäre, wenn wir eine Zeitlang von zu Hause weg wären und im Heim leben würden. Als ich diese Nachricht das erste Mal hörte, fühlte ich mich schrecklich und hatte Herzrasen. Ich konnte mir nicht vorstellen, im Heim zu leben!!

Der neue Partner meiner Mutter hat zu dieser Zeit viele Gespräche mit mir über die Heimgeschichte geführt. Da ich zu ihm Vertrauen habe, habe ich mir das Heim in D. angesehen. An dem Tag fiel es mir schwer, mir vorzustellen, dass ich dort mit so vielen andere Jugendlichen in einer Gruppe leben sollte! Aber eigentlich wurde ich von einigen Jungen und den beiden Betreuern sehr herzlich aufgenommen, womit ich niemals gerechnet hatte!!

Sehr traurig war ich nur darüber, dass sich meine damalige Freundin, mit der ich immerhin eineinhalb Jahre zusammen war, von mir trennte, als ich ins Heim zog. Ich weiß bis heute nicht warum.

Inzwischen bin ich schon ein Jahr im Kinderheim. Eigentlich fühle ich mich dort ganz wohl. Alle 14 Tage darf ich meine Mutter zu Hause besuchen, wir freuen uns dann immer sehr aufeinander.

In der Gruppe mit den anderen Jungen fühle ich mich wohl. Wir sind oft »op jück« und unternehmen viel. Ich könnte mir gut vorstellen, die Schule zu beenden und noch im Heim eine Lehre zu beginnen. Im Moment weiß ich aber noch nicht, welche Ausbildung ich mal machen werde. Demnächst mache ich ein Praktikum, und vielleicht bin ich dann klüger...

Obwohl ich im Heim lebe, vermisse ich natürlich manchmal mein Zuhause. Wenn ich große Sehnsucht habe, fahre ich manchmal nach der Schule zu meiner Mutter und besuche sie für ein paar Stunden. Dann fällt es mir schwer, ins Heim zurückzugehen. Aber nach ein paar Stunden fühle ich mich dann auch dort wieder wohl! Ich kann nicht verstehen, warum so viele Menschen Vorurteile gegenüber einem Heim haben!

So langsam möchte ich meine Geschichte beenden. Es hat mir Freude gemacht, Ihnen von meiner Vergangenheit und meinem gegenwärtigen Leben zu erzählen. Ich würde mich sehr herzlich freuen, wenn Sie diese Geschichte für Ihr Buch verwenden können.

Herzliche Grüße aus K.! Matthias

Tanina, 12 Jahre

Hallo!

Ich bin Tanina, bin 12 Jahre alt und wohne in einer Mädchenwohngruppe.

Warum?

Das erzähle ich Dir in dieser Geschichte.

Ich wohne jetzt schon ein Jahr, nämlich seit dem 4.3.1999, in dieser Wohngruppe und bleibe, bis ich 18 Jahre alt bin, dort wohnen.

Die Erzieher sind alle ganz nett, und ein Mädchen aus dieser Wohngruppe, die Silke, ist meine beste Freundin.

Nun aber dazu, wie sich alles zugetragen hat.

Meine Mutter, meine beiden jüngeren Geschwister Christina (11), Sebastian (9) und ich sind von meinem Stiefvater abgehauen und haben erst mal eine Zeitlang in Holland auf einem Campingplatz gewohnt, bis meine Mutter eine neue Wohnung in H. gefunden hat.

Meine Mutter hat uns Kindern versprochen, nie

wieder zu meinem Stiefvater zurückzugehen.

Doch was macht sie?

Nach ein paar Wochen verklickerte sie uns, dass sie wieder Kontakt mit ihm aufgenommen hätte und dass sie ihn, trotz allem, was er uns angetan hat, immer noch lieben würde, und dass sie wohl gerne wieder zu ihm zurückgehen würde.

»Gut, da hab ich kein Problem mit, ist ja schließlich deine Sache, Mama, aber dann bleibe ich nicht mehr hier wohnen«, habe ich gesagt.

Das musste meine Mutter natürlich erst mal verdauen.

Am nächsten Tag rief meine Mutter beim Jugendamt an, 3 Tage später wurde ich abgeholt.

Als meine Schwester davon erfuhr, war sie im ersten Augenblick stocksauer auf mich, und mein Bruder, der fing gleich an zu weinen. Ich habe mit ihm geheult, und habe gesagt, dass er mir ja seine Adresse schicken könnte, dann könnten wir uns ja schreiben und uns vielleicht auch mal sehen.

Am Ende haben auch Christina, und als ich abgeholt wurde, auch meine Mutter geweint.

Aber Du müsstest Dir auch mal vorstellen, wie Deine eigenen kleineren Geschwister darauf reagieren, wenn ihre große Schwester von der eigenen Familie weggeht.

Für die ist das auch nicht einfach, wenn sie jemanden hatten, der acht Jahre lang mit ihnen gespielt und für sie gesorgt hat und der einen dann einfach verlässt. Und ich denke immer, dass es für meine Geschwister am schwersten war.

Wie habe ich es geschafft, so was zu meiner Mutter zu sagen, fragst Du Dich bestimmt?

Das ist nicht einfach, aber ich wurde zweimal von meinem Stiefvater angepackt, und er hat mich jeden Tag geschlagen.

Außerdem konnte ich jeden Tag den ganzen Haushalt machen, und meine Eltern lagen auf der faulen Haut.

Und außerdem, wenn die eigene Mutter was verspricht und es dann doch nicht eingehalten hat, hättest Du bestimmt auch so reagiert. Vor allem, wenn es Dir so wichtig war.

Wie fühlt man sich in einer ganz neuen Umgebung, fragst Du Dich?

Man weiß nicht, wie man aufgenommen wird, und hat ziemliche Angst vor den Leuten, die man nicht kennt. Manche labern aber auch drauflos und unterhalten sich mit jemandem.

So habe ich es gemacht.

Ich hatte Angst, aber ich habe einfach drauflos geredet.

Trotz allem geht es mir sehr gut, und ich fühle mich sehr wohl.

Mit dieser Geschichte wollte ich eigentlich nur sagen, dass wenn Du zu Hause auch geschlagen wirst oder sonst irgend was mit Dir gemacht wird, was Du nicht möchtest, oder was Dir weh tut, nimm Deinen ganzen Mut zusammen und schreie nach Hilfe.

Gehe zum Jugendamt, und sag denen das.

Die holen Dich meistens auch aus dieser »Hölle« heraus.

Und ich denke, es ist auch besser für Dich.

Ich hoffe nun, dass meine eigene Geschichte Dir dabei hilft, damit fertig zu werden, wenn es wirklich mal darauf ankommen sollte. Man kann auch im Heim oder in einer Wohngruppe glücklich werden und leben.

Regina, 15 Jahre

Lieber Kiepenheuer & Witsch Verlag!
Dieses Gedicht habe ich geschrieben, als ich in eine
Klärungsstelle gekommen bin:

Kennst du den Ort

Kennst du den Ort, an dem nie die Sonne
scheint?
An dem ein Mann, wie ein Kind ohne
Eltern, weint?
An dem nie geliebt, sondern nur gehasst.
Es ist die Hölle, es ist der Knast.
Ich will hier raus, ich will nach Haus.

Susanne, 11 Jahre

Mein Leben

Ich wohne im Kinderheim. Mir geht es sehr
gut.
Mir fehlt meine Mama.
Ich hatte Angst vor einer Erzieherin.
Jedes Kind kriegt einen Anruf oder Besuch.
Ich habe ein gutes Zimmer.
Und wir haben eine Köchin, die sehr lecker
kocht.

Daniela, 19 Jahre

Hallo, Verlag Kiepenheuer & Witsch!

Ich erzähle Euch, wie sich mein Leben abspielt(e).

Mit zehn Jahren kam ich in ein Heim, wo viele Kinder lebten. Ich hatte diesen Wunsch schon viel früher, aber ich habe mich nicht getraut. Ich lebte in N. und wurde dort geboren. Als Kind, etwa mit acht Jahren, war ich in einer Tagesgruppe. Ich fand es immer toll. Dadurch bin ich auf ein Heim gekommen und konnte es mir so vorstellen.

Damals habe ich in der Tagesgruppe erzählt, dass ich mich zu Hause nicht wohl fühle und ins Heim möchte. Sie haben mir dann eine ganz liebe Frau vom Jugendamt geschickt. Sie kannte meine Familie und hat mir geholfen. Ich bin immer ganz viel weggelaufen nach der Schule. Ich hatte keine Kindheit. Ich wurde missbraucht und misshandelt. Meine Mutter war achtzehn Jahre alt, als ich geboren wurde, und hat sich von meinem Vater getrennt.

Nach kurzer Zeit hat sie meinen Stiefvater geheiratet und bekam noch vier Kinder.

Sie und mein Stiefvater waren und sind auch jetzt noch Alkoholiker. Sie tranken so viel, dass ich dachte, sie bringen sich um. Mit zwölf Jahren kam ich nach A. in die Jugendwohngruppe, wo sechs Mädchen wohnen. Ich wohne jetzt schon sieben Jahre in der Gruppe.

Mit fünfzehn Jahren habe ich erfahren, dass mein Stiefvater nicht mein Vater ist.

Meinen richtigen Vater kenne ich nicht. Ich hab' versucht, Kontakt mit ihm aufzubauen, aber er schrieb nie zurück. Ich hab' meinen Stiefvater angeklagt wegen Kindesmissbrauchs. Es hat drei Jahre gedauert, bis es zu einer Gerichtsverhandlung kam. Er wurde verurteilt auf drei Jahre Bewährung, Erstattung der Gerichtskosten und 1000,– DM für krebskranke Kinder.

Meine Mutter wurde vom Staatsanwalt angeklagt, hat aber keine Strafe bekommen. Sie wusste über alles Bescheid. Ich hasse meine Mutter, und deshalb hab ich keinen Kontakt zu ihr. Sie hat mir nicht das gegeben, was ein Kind braucht: Liebe und Geborgenheit.

Die meisten wissen nicht, was eine Jugendwohngruppe bzw. ein Heim ist. Ich hab' mich im Heim nicht wohlgefühlt. Ständig das Hin und Her mit den Kindern und Erziehern. In der Jugendwohngruppe war es anders: Von den Erziehern habe ich viel gelernt. In der Schule war es o.k., nicht alle haben es akzeptiert und verstanden. Warum? Ich wusste nicht, was ich sagen sollte. So log ich und tue es jetzt noch. Dass ich ein schlimmes Mädchen war und dass meine Eltern mich nicht wollten.

Ich wurde nie geduscht oder gewaschen. Im Sommer

hatte ich Winterkleidung an und im Winter Sommerklei-
dung. Ich habe mich geschämt und fühlte mich alleine.
Wir Kinder durften nicht draussen spielen, auch nicht in
der Wohnung. Es nervte meine Mutter, wenn es etwas
wilder wurde. Sie wurde sehr schnell nervös und schlug
mit den Fäusten zu. Dann mussten wir auf dem Sofa sitzen, den ganzen Tag lang.

Ich war froh, dass ich zur Schule konnte. Sie schickte
mich nicht immer, aber ich ging trotzdem hin.

Ich fühle mich jetzt ganz gut, ich lebe mein Leben. Ich
unternehme viel und hab' Spaß, mehr denn je. Ich hab'
total liebe Freunde und bin ganz glücklich, ich ging auf
die Sonderschule und war dort sehr gut. Ich hab den
Hauptschulabschluss geschafft und hab eine Lehre im
dm-Drogeriemarkt als Verkäuferin angefangen. Zur Zeit
habe ich meine Prüfung, und ich hoffe sehr, dass ich es
schaffe. Mein größter Traum ist es, Maskenbildnerin zu
werden. Aber das ist zu schwer. Ich weiß noch nicht, wie
meine Zukunft aussieht. Ich lasse mich überraschen.

Ich habe nur zu meiner Schwester Birgit Kontakt. Ste-
fanie, meine andere Schwester, ist geistig behindert und
erinnert sich nicht daran, dass sie Geschwister hat.

Zu meinen zwei Brüdern habe ich auch keinen Kontakt. Wir sind alle verteilt. Ich hoffe, dass ich sie alle bald
sehe. Schließlich ist es bald 10 Jahre her, dass ich meine
Geschwister, außer Birgit, gesehen hab. Birgit wurde
adoptiert. Das habe ich mir auch gewünscht, doch ich

war zu alt. Meine Mutter lebt immer noch mit meinem Stiefvater zusammen. Sie ist abhängig von ihm. Sie hat ja auch nichts, keine Lehre, stattdessen eine Scheiß-Kindheit. Ihre Eltern haben sich auch immer geprügelt, was das Zeug hielt. Sie kamen manchmal zu uns und auch die Eltern von meinem Stiefvater. Da ging die Sauferei richtig los. Wir Kinder saßen daneben. Wir mussten uns das ansehen, wie unsere Mutter schwanger wurde und trank, rauchte und wie es zu Prügeleien kam. Gläser fielen auf den Boden, und ich trat da rein, weil ich mich verstecken wollte. Meine Füße bluteten, und keinen hat es interessiert.

Ich bin die Älteste und hab' alles abbekommen. Sie schauten sich alle danach Pornofilme an, und wir mussten bis Mitternacht mitgucken. So ging es zehn Jahre lang, jeden Tag. Bis ich die Schnauze voll hatte und von zu Hause weglief. Meine Geschwister holte ich da auch raus.

Ich könnte euch noch so viel schreiben, aber ich beende es jetzt mal.

Ach ja, ich heiße Daniela, bin 19 Jahre alt und lebe bald meine Freiheit. Ich hoffe, wir hören bald voneinander. Diese Geschichte ist eine wahre Begebenheit.

Tschüs!

Daniela

Sonja, 16 Jahre

Wenn ich an ihn denke

Wenn ich an ihn denke
Denke ich an Trauerweiden
Die sich im Wind gleichmässig
wiegen

Jedoch auch an Menschen
Die aus lauter Eifersucht
Paras schieben

Wenn ich an ihn denke
Denke ich an
Das pure Glück auf Erden
Zugleich aber auch
An Einsamkeit
Die schlimmer sein kann
Als Magenbeschwerden

Sonja, 16 Jahre

Meine erste Sonette

leere, einzige leere
hat er mich gern
ist er auch so fern
es wäre mein letzter wille

schweigen, einziges schweigen
werd ich ihn nochmal wiedersehen
wird er mich dann verstehen
oder werden sich unsere wege zweigen

war er bei mir, war ich nie so leer
und ich weiß, ich liebe ihn so sehr
er wird noch einen versuch starten
und begreifen müssen
mit zahnspange werd ich ihn nicht küssen
und er wird noch etwas warten

Sara, 14 Jahre

Ich heiße Sara und wohne in einem Heim. Ich bin am 5. April 1986 in W. geboren. Meine Mutter..., naja, das ist eine Sache für sich. Ich war eher ein Vater-Kind. Mein Vater war ein toller Mensch. Anders kann ich ihn nicht beschreiben, da ich finde, dass das Wort »toll« mehr sagt als Kleinigkeiten. Seit dem 22. Mai 1999 wohne ich schon hier. Mein Vater starb im April 99, was ich bis heute noch nicht verkraftet habe.

Das Heim ist nicht so übel, wie man es hört. Und wenn Kinder Angst vorm Heim haben, weil die Eltern damit drohen: Glaubt mir, ihr braucht keine Angst zu haben! Ich selbst hatte große Angst, aber bis heute verstehe ich nicht, warum.

Ich halte sehr viel von Liebe, deshalb schreibe ich auch Liebesgeschichten. Ich kann mir ein Leben ohne alles vorstellen, nur nicht ohne Liebe. Ein Leben ohne Liebe ist nichts. Darüber schreibe ich auch Gedichte.

Diese Gedichte habe ich zum größten Teil aus meinen eigenen Erfahrungen geschrieben, und ich finde, andere Leute, vor allem Erwachsene, sollten wissen, was Jugendliche darüber denken.

Ich habe auch das Buch von Benjamin Lebert, »Crazy«, gelesen. Es hat mir sehr gut gefallen, und dann habe ich immer überlegt, wie es ist, Autorin zu sein!?

Mit den freundlichsten Grüßen,
Ihre Sara

P.S.: Jetzt hätte ich beinahe meine Hobbys vergessen.

Ich singe viel, obwohl ich glaube, dass ich sehr schief singe. Ab und zu schreibe ich kurze Songs.

Sonstiges: malen, lesen, tanzen, verreisen, lachen, schreiben, bummeln gehen, flirten, andere schminken oder beraten in Sachen Kleidung, faulenzen, träumen, und am wichtigsten: telefonieren. Naja, Fernsehen gucken gehört auch dazu.

Roland, 16 Jahre

Meine wahre Lebensgeschichte!

Ich wurde am 25. Januar 1984 in H. geboren, wo meine Eltern ein Haus hatten. In demselben Jahr, als ich geboren wurde, hatten meine Eltern einen heftigen Streit. Mein Vater schubste meine Mutter, und sie starb an ihren Verletzungen, mein Vater bekam 17 Jahre Haftstrafe.

Nun war die Frage, wohin mit mir und meinem Bruder. Zunächst sind mein Bruder und ich durch die halbe Verwandtschaft gezogen. Als ich so ungefähr $1^1/_2$ war, zogen mein Bruder und ich zu einem Bruder meines Vaters (mein Onkel K.). Mein Onkel K. sagte meinem Bruder und mir nicht, dass er unser Onkel ist, sondern er wäre unser Vater. Da ich das Problemkind war, meinte mein Onkel, mich mit sechs Jahren in eine Kinder- und Jugendpsychatrie in Köln für ein halbes Jahr einzuweisen. Mir gefiel es dort aber nicht, und deshalb probierte ich dreimal abzuhauen. Diese Kinder- und Jugendpsychiatrie war für mich die Hölle.

Als ich dann in die Grundschule kam, 1990 in K., fing ein neuer Höllentrip an. Mein Onkel ließ sich von meiner Tante scheiden, und er heiratete neu. Wenn ich in der Schule Mist gemacht hatte oder zu spät kam, habe ich Schläge mit dem Gürtel bekommen. Als ich einmal ein bisschen Kleber aus Versehen auf die Treppe tropfte, kam mein Onkel abends zu mir ins

Zimmer und übergoss meinen nackten Körper mit Kleber. Als mein Onkel wieder runter ging, lief ich weinend zu meinem Bruder. Er fragte: »Was ist?« Im gleichen Augenblick sagte er schon: »Geh in die Dusche! Ich wasche dir schnell den Kleber ab, bevor der Kleber trocknet.« Mein Bruder bekam nie Schläge, trotzdem hatten er und ich daran gedacht, den Onkel abzustechen, doch haben wir es nicht gemacht.

Mit Schlägen und Prügeln ging es, bis ich $11^{1}/_{2}$ war, immer so weiter. Mein Onkel schlug mich zum Beispiel mit Gürtel, Ochsenziemer, und bewarf mich mit Gegenständen, die auf meinem Schreibtisch lagen. Oft hatte ich Wunden oder blaue Flecken von ihm. Aber mein Bruder fand dann, als ich $11^{1}/_{2}$ Jahre war, einen Brief von meinem leiblichen Vater. Wir fragten meinen Onkel, was der Brief bedeutet und ob er nicht unser Vater ist. Er sagte: »Ja, ich bin nicht euer Vater. Ihr wohnt bei mir, weil euer Papa im Knast sitzt.«

Als mein leiblicher Vater Freigang bekam, trafen wir ihn einmal und dann immer öfters. Dann beschloss mein Vater, aus dem Knast neu zu heiraten. Das tat er auch 1995, und mein Bruder und ich zogen zu unserer neuen Stiefmutter, die sehr lieb war. Meine Stiefmutter G. hat, egal was wir getan haben, mich nicht geschlagen, nur geredet, aber mein Vater sagte fast immer, wenn er mal Freigang hatte: »Kannst du nicht besser in der Schule aufpassen und nicht soviel Mist machen?« Dann wurde er lauter und sagte: »Geh in den Keller und zieh deine Hose runter«, und dann bekam ich entweder mit einem Rohrstock oder einem

Ochsenziemer Schläge. Danach war ich immer tierisch am Heulen und konnte die ersten paar Stunden nicht auf meinem Po sitzen, weil er so weh tat und blau war.

1997 bin ich in ein Heim in A. gekommen. Dort bin ich total abgerutscht, habe fast alle Drogen genommen (außer Spritzen), bin dann auch kaum noch in die Schule gegangen. Anstatt in die Schule zu gehen, haben wir (die Kinder aus meiner Gruppe und ich) geklaute Videorecorder und Verstärker vertiggt. Nach einem fast zweijährigen Aufenthalt in A. bin ich rausgeflogen und bin in eine Notunterbringung nach W. gekommen.

Dort bin ich am gleichen Abend mit Gewalt abgehauen. Von da an lebte ich drei Wochen auf der Straße und bei Freunden.

Nach den drei Wochen meldete ich mich in W. Die gaben mir die Telefonnummer von der N.-Stiftung in N. Dort rief ich an und fuhr am nächsten Tag hin, und sie nahmen mich auf.

Als ich in N. wohnte, ging ich noch in A. auf die Schule und schaffte es nicht, mit dem Drogennehmen aufzuhören. Als ich zwei Monate in N. wohnte, durfte ich wieder nach Hause. Mein Vater und meine Stiefmutter hatten in der Zeit ein Haus gekauft.

Am Anfang war es noch gut, doch dann hatte ich Streit mit meiner Stiefmutter, und mein Vater wollte mich wieder schlagen. Doch dann sagte ich wortwörtlich: »Papa, packst du mich noch einmal an, liegst du neben Mama auf dem Friedhof, das versprech ich dir!«

Er packte mich nicht mehr an. Inzwischen hatte ich kein Drogenproblem mehr. Meine Mutter wurde 1999 arbeitslos, und mein Vater konnte als Inhaftierter nicht das Haus alleine bezahlen, und dann beschlossen meine Eltern, eine Wohnung in H. zu mieten, da mein Vater auch dort inhaftiert ist. Nur wollte ich nicht umziehen nach H., also beschloss ich, da ich seit zehn Monaten eine Freundin hatte, in W. zu bleiben und hier meine Lehre als Dachdecker anzufangen.

Doch wohin? Mir blieb nur die Möglichkeit: das Heim. Das klappte auch. Einen Lehrvertrag schloss ich auch ab, und mit meiner Freundin bin ich immer noch zusammen.

Jetzt hoffe ich noch, dass ich dieses Jahr 2000 in eine eigene Wohnung ziehen kann, es sieht gut aus, dass ich eine Wohnung bekomme.

Ich finde es im Heim angenehmer als zu Hause. Hier kriegt man keine Schläge.

Doch ich glaube, dass ich nie mehr einem Erwachsenen vertraue oder mir was gefallen lasse, denn wenn mich noch einmal ein Erwachsener anpacken würde, könnte es sein, dass der erst wieder im Krankenhaus wach wird.

Wenn Sie »mein Leben« in Ihrem Buch veröffentlichen, könnte ich dann ein Buch bekommen?

Derya, 18 Jahre

Ich, eine 18-jährige Frau aus der Türkei, wohne nun mit meiner sieben Monate alten Tochter in einer Mutter-Kind-Einrichtung.

Über mein Leben kann ich leider nicht viel Positives erzählen. Ich habe zwei leibliche Geschwister, einen mittlerweile 16-jährigen Bruder und eine 14-jährige Schwester.

1986 haben sich meine Eltern voneinander getrennt.

Ich und meine Geschwister wohnten erstmal bei meiner Mutter.

Wir waren 2, 4 und 6 Jahre alt.

Uns fehlte seitens unserer Mutter nichts zu essen, aber Liebe war da nicht viel im Spiel.

Wir trugen auch sehr schlechte Kleidung, obwohl mein Vater über 1000.– DM Unterhalt an uns einschließlich unserer Mutter zahlen musste und sie außerdem Geld von der Sozialhilfe erhielt.

Doch sie gab das meiste für sich aus.

Mit meinen sechs Jahren musste ich immer den Haushalt führen.

Wenn es nicht blitzblank war, habe ich mit einem Stöckelschuh Prügel bekommen, manchmal auch mit einem Besen.

Meine Geschwister wurden auch geschlagen, aber nicht so oft wie ich, weil ich sie in Schutz genommen hatte.

Sie waren doch erst zwei und vier Jahre alt.

Wir hassten unsere Mutter und wollten lieber bei meinem Vater und dessen neuer Lebensgefährtin leben.

Wir träumten von einem schönen Leben ohne ständige Angst, geprügelt zu werden.

Aber wir mussten das noch eine Weile aushalten.

Als ich 9 Jahre alt war, hat unsere Mutter uns an meinen Vater abgegeben.

Es war schön bei ihm. Wir hatten Besuchszeiten, in denen wir unsere Mutter sehen durften.

Aber nur ich und meine Schwester wollten sie sehen, mein Bruder kann ihr das, was sie uns angetan hat, bis heute noch nicht verzeihen.

Nachdem wir ein Jahr bei meinem Vater gelebt hatten, ging es auch dort los.

Meine Stiefmutter wurde auf einmal wie der Teufel höchstpersönlich.

Wir dachten, endlich wären wir weg von unserer Mutter, schon fing alles wieder an, doch diesmal war es noch schlimmer. Meine Stiefmutter und mein Vater schlugen uns, wo sie nur konnten.

Mit der Zeit hatte ich richtige Hassgefühle gegen meinen Vater und seine Lebensgefährtin entwickelt.

Es wurde immer unerträglicher, unterdessen wurden wir älter und älter.

Wir wohnten gemeinsam in einer großen Wohnung, und jeden Tag nach der Schule musste ich den Haushalt führen, jeden Tag alles sauber putzen.

Das dauerte insgesamt 6 bis 7 Stunden, und das jeden Tag. Meine Stiefmutter saß nur rum.

Wenn dann mein Vater abends von der Arbeit zurück-kam, heulte sie ihm vor, dass ich im Haushalt nichts tun würde. Sie dagegen müsste den Haushalt führen, kochen und auf uns Kinder aufpassen.

Mein Vater glaubte ihr, ich sagte, es sei gar nicht wahr, was sie erzählt.

Er sagte, ich habe ihm nicht zu widersprechen, und ich bekam ohne Grund Prügel mit seinem Gürtel.

Als ich dann 13 Jahre alt war, heirateten sie, und es wurde noch schlimmer.

Mein Vater war einer richtigen Gehirnwäsche unterzogen worden. Er machte nur noch, was meine Stiefmutter wollte.

Er schlug uns ohne Grund, nur weil meine Stiefmutter Lügen über uns verbreitete.

Zum Beispiel hatte ich die Toiletten geputzt. Sie schmierte Dreck an die Kloschüsselränder, rief meinen Vater und demonstrierte ihm, was ich doch für ein Drecksweib wäre. Ich müsste ja nur mal die Toilette putzen, und nicht mal das würde ich zustande bringen.

Als mein Vater seinen Gürtel aufmachte, zitterte ich, weil ich wusste, dass er mich jetzt grün und blau schlagen würde.

Er schlug so lange mit der Metallseite des Gürtels auf meinen Körper und Kopfbereich ein, bis er keine Kraft mehr hatte. Meine Hände waren durch Blutergüsse angeschwollen, und ich blutete überall.

Es war so schrecklich.

Danach steckte er mich in die Dusche und duschte mich eiskalt ab.

Es war ein Schock, so kaltes Wasser auf meinem Körper zu spüren, und er schlug weiter, diesmal mit der Dusche.

Ich habe es auch genau vor meinen Augen, wie er meinen Bruder immer verprügelte, so dass das Blut aus ihm herausspritzte.

Ich versuchte, die Blutung zu stoppen, aber vergeblich.

Meine Schwester wurde oft mit einem Holzprügel oder einem Bambusstock verprügelt.

Aber noch schlimmer waren die Qualen, die ihr meine Stiefmutter zufügte. Meine Schwester hatte zu der Zeit panische Angst vor Dunkelheit und Ratten.

Deshalb steckte meine Stiefmutter meine kleine Schwester in unsere extrem dunkle Abstellkammer und drehte die Glühlampe ab, so dass meine Schwester kein Licht machen konnte.

Sie schloss die Türe ab, schlug mit ihren Händen gegen die Tür und krabbelte mit ihren langen Fingernägeln an dieser rauf und runter.

Dabei rief sie: »Die Ratten fressen dich, sie kommen, hörst du sie, sie kommen!«

Meine Schwester schrie. Sie hatte solche Angst.

Das machte meine Stiefmutter sehr oft.

Meine Schwester wurde dadurch psychisch krank und musste für ein Jahr in eine Klinik eingewiesen werden.

Als ich es nicht mehr aushielt, bin ich abgehauen und wurde in Obhut genommen.

Ich blieb drei Wochen dort. In der Zwischenzeit besuchten mich mein Vater und meine Stiefmutter.

Sie redeten alles schön und meinten, sie würden sich ändern und so. Ich glaubte ihnen und ging wieder mit nach Hause. Eine Woche lief es wunderbar, doch dann fing alles wieder an. Ich wurde verprügelt, wurde von meiner Stiefmutter ohne Essen rausgeschmissen und durfte bis 0.00 Uhr nicht ins Haus, bis mein Vater von der Arbeit zurückkam.

Als ich dann nach Hause durfte, sagte meine Mutter: »Guck dir mal deine Hurentochter an, bis jetzt treibt sie sich rum.«

Ich sagte meinem Vater, sie hätte mich rausgeschmissen und ich dürfte bis jetzt nicht das Haus betreten.

Er hat mir nicht geglaubt und prügelte mich.

Er schmiss mich gegen die Wand, trat mich mehrmals mit seinen Füßen in meinen Unterleib, bis ich ohne jegliche Kraft auf dem Boden lag. Natürlich war meine Stiefmutter wieder mal zufrieden ...

Ein paar Wochen später stellte sie meinem Vater ein Ultimatum. »Entweder bringst du deine Töchter in die Türkei zu deinen Eltern, oder ich schnappe mir meine Kinder und verlasse dich.«

Daraufhin brachte uns mein Vater unter dem Vorwand, Urlaub zu machen, in die Türkei.

Vier Tage, bevor er nach Deutschland zurückkehren wollte, sagte er, dass er uns da lassen wolle.

Es war ein Schock für uns. Wir waren in Deutschland geboren, wie sollten wir uns in einem Dorf in der Türkei einleben?

Doch wir mussten tun, was mein Vater sagte.

Drei Stunden vor seinem Abflug bekam meine Schwester jedoch eine akute Blinddarmentzündung. Das war ihr Glück.

Mein Vater nahm sie mit, um sie in Deutschland operieren zu lassen. Ich blieb dort.

Ich wurde in der Türkei sehr schlecht behandelt.

Als ich dann Gelbsucht bekam, holte mich mein Vater unter Druck meiner Tante zurück nach Deutschland.

Aber ich wollte nicht bei ihm bleiben.

Also haute ich nach fünf Tagen ab zu meiner Mutter. Doch weil mein Stiefvater mich vergewaltigen wollte, lief ich nach drei Monaten auch von da weg.

So musste ich zu meinem Vater zurück.

Aber bei meinem Vater hatte sich nichts geändert. Als ich fünfzehn Jahre alt war, war der Zeitpunkt gekommen, dass ich es nicht mehr aushielt.

Ein Vorfall hat mich dann endgültig von dort befreit:

Ich war mit meiner Freundin in die Stadt gefahren, um mir eine Praktikumsstelle zu suchen.

Aber vergeblich. Ich fuhr nach vierstündiger Suche zurück nach Haus. Auf dem Heimweg habe ich noch in der Bäckerei bei uns um die Ecke nach einer Praktikumsstelle gefragt, doch sie haben mich abgewiesen.

Also ging ich nach Hause. Dort stand meine Stiefmutter und fluchte: »Ich schlage das Mistweib zusammen!«

Ich fragte, was los sei. Sie sagte, meine Schwester hätte ohne Erlaubnis ihr Fahrrad genommen.

Ich hatte richtig Angst um meine Schwester. Ich wusste, was ihr blühte. Nach einer Stunde kam meine Schwester angefahren. Meine Stiefmutter riss sie an den Haaren die Treppe hoch.

Dann schlug sie ihren Kopf dreimal an die Kinderzimmertür, nahm eine Schöpfkelle aus Metall und schlug auf sie ein, bis sie eine Platzwunde am Kopf bekam.

Ich konnte es nicht mehr mitansehen, ich ging dazwischen. Sie ließ meine Schwester los und schlug auf mich ein.

Sie meinte: »Was hast du in der Stadt gemacht, mit Jungs rumgemacht, oder?« »Nein«, sagte ich, »ich habe eine Praktikumsstelle gesucht.«

Dann schlug sie mir einen Spielzeug-Lkw auf den Kopf. Ich schrie. Es tat sehr weh.

Ich ging auf die Toilette und merkte, dass ich sehr stark am Kopf blutete.

Meine Stiefmutter meinte, ich soll mich nicht so anstellen. Sie schloss die Haustür ab und legte die Türkette an. Danach ging sie auf Toilette. Ich nutzte die Gelegenheit, legte leise die Kette ab und schloss langsam die Türe auf. Ich rannte wie von der Tarantel gestochen raus.

Meine Schwester schrie hinter mir her: »Bitte, lass mich hier nicht zurück!«

Ich rannte einfach und merkte, dass meine Stiefmutter mir hinterherlief.

Zum Glück habe ich hinter mich geschaut und sah sie rennen. Ich rannte wie verrückt und schmiss mich durch eine Hecke in einen Garten.

Danach ging ich über die Straße. Doch zu meinem Pech entdeckte sie mich wieder. Ich versteckte mich hinter der Bäckerei.

Ich hörte ihre Schritte und hatte furchtbare Angst, entdeckt zu werden. Ich klopfte an die Hintertür der Bäckerei, die schon geschlossen hatte.

Doch der Besitzer hörte mich von innen, sah mich blutüberströmt. Ich heulte und sagte ganz leise: »Bitte, helfen sie mir!«

Er ließ mich rein, und seine Frau gab mir was zu trinken.

Sie bat mich, ihr die Situation zu schildern, und meinte, ich sollte mir das Blut nicht wegwischen als Beweis, was mir angetan wurde.

Dann fuhr sie mit mir ins Krankenhaus, in dem ich verarztet wurde und insgesamt einen Monat blieb.

Nach dem Aufenthalt im Krankenhaus kam ich in eine Obhutstelle.

Danach brachte mich meine Sozialarbeiterin zum Schutz vor meinen Eltern nach N.

Hier lebe ich nun schon seit dem 13. November 1997, und es gefällt mir sehr.

Zunächst kam ich in eine Einrichtung (WG) für muslimische Mädchen, die geschützt werden mussten.

Dort lebte ich bis Ende Januar 99.

Es war eine schöne Zeit. Wir waren 7 Mädchen, die viel Spaß miteinander hatten. Davon abgesehen, war das Gruppenleben dort total schön, wir waren wie eine große Familie. Wir halfen uns gegenseitig beim Kochen oder Aufenthaltsräumeputzen.

Wie gesagt wohnte ich bis Ende Januar dort, dann wohnte ich in einer Betreuten Wohnung.

Doch da fühlte ich mich total einsam.

Ich flüchtete mich immer zu meinem Freund, mit dem ich zu der Zeit ein Jahr lang zusammen war.

Ende März zog ich dann endgültig zu meinem Freund, natürlich ohne Einverständnis von meinem Jugendamt. Aber ich war schwanger und brauchte jemanden in meiner Nähe.

Bei meinem Freund war es schön, wenn da nicht immer seine Lügen gewesen wären.

Außerdem war ich auf irgendeine Weise auch da alleine, denn er war bis 23.00 Uhr arbeiten, und das jeden Tag.

Da ich ein Kind erwartete und nicht alleine wohnen konnte, ging ich in eine Mutter-Kind-Einrichtung.

Hier wohne ich immer noch, und es gefällt mir sehr.

Ich habe viel Schlechtes erlebt und manchmal auch Schönes und viel Schmerzhaftes.

Aber ich glaube, eine schmerzhafte Sache kann ich nicht beschreiben: die Geburt meiner Tochter.

Ich entband sie im Elisabeth-Krankenhaus in N. Im

Kreissaal lag ich acht Stunden in den Wehen, doch dann war in nur sieben Minuten das Baby da.

Es war das schönste Gefühl, das ich je in meinem Leben hatte.

Als meine Tochter auf meiner Brust lag mit ihrer Lockenpracht, waren alle Schmerzen weg, ich verliebte mich sofort in sie.

Ich bin stolz auf mich, dass ich aus meiner Familie raus bin. Ich wohne hier in Köln, habe ein super Kind, habe meine Freunde und ein Leben ohne Angst vor dem nächsten Prügelschlag meiner Eltern.

Es hat sich alles zum Besten entwickelt.

Doch etwas Negatives habe ich leider von zu Hause mitgebracht.

Da ich nie meine Meinung oder Bedürfnisse sagen durfte und immer nur für andere da war und für mich nie, bin ich leider so geblieben.

Ich helfe jedem, dem ich kann, ohne über mich nachzudenken. Und bevor ich mich versehe, bekomme ich einen Tritt in den Hintern.

Trotz allem lebe ich gut, ich habe meine Tochter und eine tolle Freundin, was will ich mehr?

Auf jeden Fall will ich niemals so werden, wie meine Eltern waren, ich werde eine super Mutter für meine Tochter sein, denn ich liebe sie über alles.

Sara, 14 Jahre

Jeder Mensch ist einzigartig

Jeder Mensch ist einzigartig,
einzigartig wie sein Gesicht.
Was heißt das für dich?
Auch du bist einzigartig,
einzigartig wie dein Gesicht.
Verschenke diese Einzigartigkeit nicht,
bestehe auf dieser deiner Einzigartigkeit.
Gehe deinen Weg.
Fühle deine Gefühle.
Denke deine Gedanken,
weine deine Tränen,
lache dein Lächeln,
lebe dein Leben.

Jack, 9 Jahre

Das Leben im Kinderheim

Ich hatte Angst vor den Kindern, weil ich dachte, dass die Kinder mich hauen würden. Ich wurde früher geschlagen, deswegen hatte ich Angst vor den Kindern, aber ich hatte mich sehr schnell daran gewöhnt, dass die Kinder mich ärgern. Wir machen oft Ausflüge.

Manchmal habe ich auch »Zimmer«, aber das ist nicht schlimm.

Ich hatte bis jetzt nur einen Tag Zimmer, und das war scheiße, weil die Kinder an diesem Tag schwimmen waren.

Aber ich habe auch Freunde, zum Beispiel Franky oder Taylor, aber oft ärgern sie mich. Aber das ist nicht schlimm, weil sie vertragen sich wieder mit mir.

Der Taylor ist manchmal lieb und manchmal böse. Ich finde, der Taylor ist der beste Freund der Welt. Der Franky ärgert mich immer mit seinen Stinkesocken. Deswegen fall' ich immer um. Franky geht mit mir auch manchmal in einen Basketball-Verein.

Am Samstag müssen wir auch arbeiten, das nennen wir Ämtchen.

Franky hat aber auch einen Freund – der heißt Sam, mit dem verabredet er sich manchmal. Das ist doof, weil das macht mich neidisch. Manchmal ist Franky auch Gameboy-süchtig.

Ende der Geschichte.

Franky, 10 Jahre

Das Leben im Kinderheim

Das Essen ist nicht lecker. Es ist laut, weil viele Kinder. Es gibt auch Erzieher. Ich sammele viele Münzen. Einmal im Monat kommen die Eltern.
(20. März 2000)

Mein Freund Sam

Ich und Sam verstehen uns gut. Ich möchte mich mit Sam verabreden. Am Samstag um 2.45 Uhr bis 6.45 Uhr. Dann muss ich wieder da sein. Wir haben auch Schule, so viel, wie man braucht. Nach der Pause kommt die vierte Stunde.
(23. März 2000)

Meine Osterferien

Ich war am Meer. Jack und ich haben Haifischzähne gesammelt. Wir waren vier Kinder und zwei Erzieher. Am Karfreitag ging es schon wieder nach Hause.

Als meine Mutter mich abholen wollte, fiel der Auspuff herunter. Der ADAC kam. Einen Teil der Ferien habe ich zu Hause verbracht.
(2. Mai 2000)

Taylor, 14 Jahre

Die überwiegend wahre Geschichte meines Lebens

Ich war früher als kleines Baby Epileptiker. Ich war bei vielen Ärzten in Deutschland, doch als mir die Ärzte in Deutschland nicht helfen konnten, fuhr ich mit meiner Mutter in eine Spezialklinik nach Frankreich (nach Kid Cork). Sie konnten mir helfen!

Als ich acht Jahre alt war, wusste ich schon, was Alkoholismus war. Mein Vater ist Alkoholiker!!! Es fällt mir schwer, darüber zu schreiben, aber ich werde es versuchen. Also. Meine Mutter hat sich von meinem Vater bei meinem 2. Geburtstag getrennt. Als ich ungefähr 6 oder 7 Jahre alt war, durfte ich meinen Vater besuchen. Er war nüchtern. Wann das war, weiß ich nicht, aber ich weiß, dass er kurze Zeit später betrunken war. Er schaute sich nur Horrorfilme an. Ich hatte immer Angst, wenn er betrunken war, denn dieser Blick, so traurig und leer, so abgrundtief leer. Mit neun Jahren, das weiss ich noch genau, fing es an zu eskalieren! Ich ging in seine Wohnung, betrat das Wohnzimmer und sah einen schrecklichen Horrorfilm laufen und meinen Vater mit einer Krombacher Flasche in der Hand. Als er mich sah, packte er mich, setzte mich auf einen Stuhl, fesselte mich und befahl mir, den Film zu gucken. Er schlug mich immer und immer wieder, wenn ich entweder meinen Kopf weg drehte oder meine Augen schloss. Ich weinte nur und weinte. Natürlich gab ich nach! Wenn er mich schlug, sagte er immer: »Mensch! Jungen weinen nicht!« Aber Mama sagte, dass Jungen oder Männer auch weinen. Das wusste ich. Aber ich guckte auch gerne diese Filme. Ich fühlte mich irgendwie magisch hingezogen. Mein Vater sagte immer, dass ich nichts meiner Mutter erzählen solle (von den Filmen). Er wurde auch so schlimm, dass ich in einem Keller einen Tag lang bleiben musste. Ich bekam nur zwei Scheiben Brot mit Käse für einen Tag!!

In dem Keller wurde mir klar, dass ich es meiner Mutter erzählen musste, sonst würde es immer schlimmer. Mit 11 Jahren besuchte ich meinen Vater ein letztes Mal. An diesem Tag hatte ich Angst, große Angst! Denn er steckte mich in einen Müllcontainer, der auf dem Hof stand. Er verschloss den Deckel, und ich schrie. Schrie, so laut ich konnte, doch mich hörte keiner. Einen Tag später kam der Hausbesitzer und fragte sich, was ich darin verloren hatte?? Ich hatte Angst zu ersticken. Ich ging nicht zu meiner Mutter! Ich war so dumm und ging zu meinem Vater. Er war so betrunken, dass er mich in die Rippen trat. Ich versuchte, mich zu wehren, aber es gelang mir nicht. Jetzt wusste ich, wie sich eine Maus fühlte, die von einem Elefanten zertreten wurde. Ich rief weinend und heimlich, als mein Vater auf der Toilette war, meine Mutter an: Sie solle die Polizei holen! Wenig später klingelte es an der Tür. »Polizei! Herr L., öffnen sie bitte die Tür, oder wir sind gezwungen, die Tür aufzubrechen!« Ich habe die Worte noch genau im Ohr!

Mein Vater öffnete die Tür nicht! Dann machten die Polizisten ihre Drohung wahr. Sie packten ihn und legten ihn in Handschellen. Schließlich fanden sie mich verkrampft in der Küchenecke liegen.

Meine Mutter, eine sehr schöne, ordentliche, alkoholfeindliche Frau nahm mich in den Arm, und die Polizei fuhr uns nach Hause. Am nächsten Tag ging das Telefon. Meine Mutter nahm ab und hörte, dass es mein Vater war, der ins Telefon sprach: »Hallo, Nelli, ist Taylor da?« Meine Mutter gab mir den Hörer. »Hallo?« »Hallo Taylor, ich möchte,

dass du zu mir kommst, ich hab schon Spaghetti gekocht.«
»Nein, Papa, ich habe erstens zwei Prellungen an Rippen
und Kopf und zweitens: Ich werde nie, nie wieder zu dir
kommen, nicht mehr anrufen, und wenn du anrufst, wird
keiner rangehen. Tut mir Leid, Papa, aber das war deine
letzte Chance!« Ich habe dann aufgelegt.

Danach habe ich viel gelitten. Meine Gefühle spielten verrückt. Was tut er? Vermisse ich ihn? Hat er mich noch lieb?
Diese und noch mehr Fragen stellten sich mir. Doch mit der
Zeit vergaß ich ihn. Weil es mir seelisch nicht gut ging.
Wegen der Horrorfilme musste ich die Schule wechseln. Da
war auch ein anderes Gefühl. Mögen die mich alle? Lachen
die alle über mich? Ich war erst 12 Jahre alt. Ich verprügelte
meine Mitschüler. Dann musste ich aus der Schule. Ich kam
in eine Kinder- und Jugendpsychiatrie. Die Therapie tat mir
sehr, sehr gut. Nach einem halben Jahr habe ich gemerkt,
dass ich nicht mehr derselbe war, der ich früher war. Ich war
extrem anders. Aggressiv. Dann begann ich zu denken. Ich
kam dann auf die Lösung. Die Albträume, die Aggressio-
nen, das hing mit den Horrorfilmen zusammen. Ich erklärte
das meinem Therapeuten, und er verstand mich.

Doch ein halbes Jahr später musste ich in ein Heim. Ich
hatte immer Panik vor Heimen! Dort wurde der Kontakt zu
den Eltern verboten. Dachte ich!! Natürlich hatte ich es mir
vorher angeschaut und willigte ein. Dort habe ich alle drei
Wochen Besuch, und jeden Sonntag bekomme ich einen
Anruf von meiner Mutter. Ich gehe jetzt in einen Kampf-
sportverein. Aikido. Und ich gehe in eine Gruppe, die sich
Alateen nennt. Dort lerne ich, dass Alkoholismus kein
Grund zum Hassen ist, und ich habe gelernt, dass man
Alkoholiker nicht für seine Krankheit zur Rechenschaft zie-
hen soll, denn ich darf und will meinem Vater nicht helfen.
Weil ich ihm nicht helfen kann! Nur er allein kann sich hel-

fen, indem er eine Alkoholentzugstherapie macht. Aber die schönen Stunden mit ihm werde ich nie vergessen. Ich muss ihn so akzeptieren, wie er ist, und ich muss mich auch nicht schämen, denn mein Vater ist krank. Alkoholkrank. Vielleicht klingt das den Lesern zu doof, das mit dem Keller, aber das ist wirklich wahr!

Hier in dem Heim fühle ich mich wohl und sicher. Ich besuche auch eine Schule, die in dem Heim ist. Sie ist sehr klein, aber dort fühle ich mich »geborgen«. Als ich hier noch neu war, waren viele Jugendliche hier. Jetzt bin ich »allein«, und viele Freunde hab ich auch nicht, aber mit »allein« meine ich natürlich der einzige Jugendliche! Aber schön ist es eigentlich auch, denn mir vertrauen die Erzieher fast alles an! Tja, manchmal helfe oder rede ich mit den Kindern, die Streit mit den Erziehern haben. 9 Kinder sind im Haus (mit mir 10). Und 8 Erzieher! Toll ist auch manchmal, dass die ganzen 9 Kinder mich so »anhimmeln«. Natürlich ist es auf die Dauer nervig, aber wenn es so nervig ist, sage ich es den Kindern, und sie hören dann auch auf. O.k., ich gebe zu, dass ich auch manchmal etwas lauter werde, aber das kommt nur vor, wenn es zu nervig ist.

Am 3. Juni 2000 habe ich eine Aufführung bei meinem Kampfsportverein. Wir zeigen dort, dass man sich verteidigen kann, auch ohne dass jemand sein Leben lang im Rollstuhl verbringen muss! Meine Mutter erzählte mir vor ein paar Tagen, dass sie meinen Vater gesehen hat!! Natürlich war ich sehr besorgt, weil ich dachte, er hätte ihr etwas getan! Na ja, ist ja alles gut gegangen!

Nun zur Schule: Ich habe in der Schule große Probleme! In einem Fach, das Sie als Kind bestimmt auch nicht so gerne gemocht haben: MATHEMATIK. Dieses scheußliche

Wort mit M. Aber nun mal ernsthaft: Mathe mag ich nicht besonders, aber jetzt werden Sie, meine Leser, lachen: Bei meinem Vater hat es mehr Spaß gemacht. Wirklich! Bei ihm gab es immer Spaghetti während der Hausaufgaben! Und, was ich gut fand, dass er nie, nie getrunken hat, wenn ich Hausaufgaben bei ihm gemacht habe! Doch doof war: Wenn ich die Hausaufgaben fertig hatte: Hinsetzen, Flasche Bier in die Hand und ab ging der Horrorfilm. Tja. So war mein Vater. Zurück zu der Schule. In einem Mathe-Test hatte ich ein »mangelhaft« bekommen! Ich hoffe, ich habe schon erwähnt, dass ich seit ein paar Wochen in ein Lernstudio gehe. Nein?! Ich Dummkopf, dann werde ich das direkt tun!!! Also. Im Lernstudio lerne ich begreifen, dass ich nicht doof bin, wie ich immer zu mir selber sage, wenn ich eine Matheaufgabe falsch habe. Oder ich lerne auch, mit den Matheproblemen umzugehen. Ich habe immer eine volle Stunde bei der Frau R. zu lernen. Und ich bekomme sogar eine »kleine« Hausaufgabe auf, die ich immer dienstags, wenn ich meinen Unterricht habe, mitbringe. Mehr gibt es auch dazu gar nicht zu erzählen! Bloß was ich immer sage, wenn ich denke, dass ich eine Matheaufgabe nicht kann, ist: »Ich kann das, ich muss mir nur ein bisschen Zeit lassen!«

Anmerkung: Vielleicht hilft das dem Kind, wenn dessen Mutter diese wahre Geschichte gelesen hat. Es liegt mir nicht daran, hier diesen Wettbewerb zu gewinnen, aber es liegt mir daran, dass Kinder und Eltern wissen, dass das Leben nicht nur aus Freude besteht!

Meine Pläne für die Zukunft:
    Also ich bin kein »Mann großer Worte«. Ich habe viele Wünsche, was ich werden will:
1. Schreiner

2. Pfleger von chronisch kranken Menschen (Behinderten)
3. Polizist
4. Kampfsportlehrer
u.v.m.

Ich lege viel Wert darauf, die Behinderten zu pflegen, weil ich finde, dass behinderte Menschen auch Zuneigung brauchen!!

Schreiner ist auch toll, weil es praktisch ist. Wenn ich mit Holz arbeite, spüre ich irgendein Gefühl. Es ist ein schönes Gefühl. Es macht auch Spaß.

Polizist sein ist auch bestimmt schön. O.k., anstrengend ist es natürlich auch! Aber ich will Polizist werden, weil mir das Suchen von Verbrechern Spaß macht. Es ist wie bei dem Spiel »Scotland Yard«. Doch einmal habe ich wie ein Polizist gehandelt. Aber ich schreibe es nicht, weil mir sowieso keiner glauben würde.

Aikidolehrer würde ich gerne sein, weil ich wichtig finde, dass Kinder, die massiv oder normal bedroht werden, sich verteidigen! Ich mache auch Aikido, nicht, weil ich bedroht werde oder so, aber für einen Notfall! O.k., nicht nur deswegen, auch, weil es Spaß macht! Man sollte nicht nur dort hingehen, weil man jemanden »fertig« machen will, sondern es soll Spaß machen und man soll lernen, sich zu verteidigen.

Taylor, 14 Jahre (geschrieben vom 20.3.2000-22.3.2000)

Daniel, 15 Jahre

Ich bin jetzt seit knapp zehn Jahren im Heim. Es fing alles harmlos an. Ich war 3 oder 5 Jahre alt. Meine Mutter war ab und zu komisch (ich wusste früher ja nicht, was Alk war). Sie taumelte und fiel oft, ich hatte immer Angst, dass sie sich verletzt hatte. Ich heulte oft, wenn sie fiel, doch sie stieß mich meistens weg mit so einem verhassten Blick, als ob ich etwas dafür konnte. Mein Vater war tagsüber arbeiten. Wenn er nach Hause kam, war mein Vater geschafft. Meine Mutter lag dann entweder im Alkkoma oder provozierte meinen Vater so lange, dass er in seine Wohnung ging, in S.

Sie brüllten sich nun fast täglich an. Da war ich so um die 4 Jahre alt. Sie schlugen sich, das heißt, meine Mutter schlug, und mein Vater verteidigte sich, er schlug nicht zurück, ich weiß nicht, warum. Ich versteckte mich dann unterm Tisch, zog die Beine an, drückte die Hände an die Ohren und weinte. Ich hatte immer Angst, dass sie sich nicht mehr verstehen und einer von beiden für immer ging.

Mein Vater ist ein guter Mann. Wenn er frei hatte, unternahmen wir viel, während meine Mutter Vaters hart erarbeitetes Geld in der Kneipe verprasste. Wir waren, gesellschaftlich gesehen, etwas über dem Durchschnitt. Mein Vater kam immer später nach Hause, manchmal gar nicht. Ich dachte, er lässt mich im Stich, aber heute verstehe ich ihn. Meine Mutter war nur noch selten zu Hause. Essen habe ich mir dann selbst gemacht, wenn meine Mutter dann abends wieder mit irgendeinem Typen nach Hause kam, setzte es erst mal Schläge von meiner Mutter, weil die Küche versaut war. Ich bekam oft Schläge von meiner Mutter wegen irgendwelcher Kleinigkeiten.

Ich glaube, sie war mit ihrem eigenen Leben nicht zufrieden, aber ich hatte sie trotzdem lieb. Dann trank meine Mutter eine Zeitlang nicht, und mein Vater kam wieder.

Ich war 5 Jahre alt. Es war März, als meine Mutter mir sagte, dass ich ins Heim komme. (Meine Eltern waren inzwischen wieder getrennt.) Ich hab das damals nicht gewusst, was ein Heim ist.

Ich kam in das S.er Kinderheim in Gruppe H. Die Anfangszeit war schön, aber ich vermisste meinen Vater und meine Mama. Sie besuchten mich alle zwei Wochen gemeinsam.

Nach einem Jahr kam ich zu Schwester Simone in die Gruppe. Eine ältere Dame mit einem mollig warmen, niedlichen Gesicht. Ich lebte mich dort gut ein. Die anderen waren auch super, sie halfen mir oft, nicht an Zuhause zu denken und ein wenig Spaß zu haben. Als Schwester Simone eines Tages zu mir kam und mir sagte, ich solle meine Sachen packen, wusste ich nicht, was ich davon halten sollte. Ich tat, was sie sagte und folgte ihr ins Bereitschaftszimmer, und da saß ein Mann vom Jugendamt und meine Mutter. Ich freute mich riesig, man sagte mir, dass ich nach Hause kann. Wir gingen zuerst nach K., wo wir wohnten, Anziehsachen für mich kaufen, Adidas, Nike, Puma und Reboksachen gingen wir kaufen. Zu Hause lief alles super. Im Sommer 90' wurde ich eingeschult. Alle kamen, Tanten, Onkel, Papa, Mama, Oma, Bekannte und Verwandte. An diesem Tag war ich das glücklichste Kind der Welt.

Marcel, 15 Jahre

Ich bin Marcel und wohne in einem Heim, im H.-Haus in U. Ich habe vorher bei meiner Mutter gelebt!

Mit 5 Jahren wollte ich dann zu meinem Vater ziehen. Meine Eltern leben getrennt. Als ich klein war, ist meine Mutter immer mit mir abgehauen, von meinem Vater weg zu anderen Männern.

Als ich 2 oder 3 Jahre alt war, kannte ich meinen Vater gar nicht. Immer wenn er mich für ein Wochenende holen wollte, hat meine Mutter ihn nicht rein gelassen, oder ich wollte nicht mit ihm fahren. Ich habe geschrien und gekratzt. Nach einem Jahr wurde mir dann klar, dass das mein Vater ist, der mich immer abholen kommt.

Nach drei Jahren zog ich dann zu ihm, und mir ging es gut. Mit sechs Jahren wollte ich zu meiner Mutter zurück. Ich weiß bis heute nicht, warum ich diesen Fehler gemacht habe.

Dann ging es los. Ich war in H. auf der Grundschule. Ich wurde fertig gemacht, geschlagen, und zu Hause bin ich auch nur geschlagen worden. Man hat mich an das Bett gefesselt und mit dem Gürtel geschlagen, und auch so bin ich nur geschlagen worden. Es sind bestimmt 14 Kochlöffel kaputtgegangen, nur weil sie an mir kaputtgeschlagen worden sind.

Ich haue öfters kleine Kinder. Das will ich eigentlich gar nicht. Aber manchmal habe ich mich nicht unter Kontrolle.

Vielleicht kommt das, weil ich selber früher immer geschlagen worden bin.

Jetzt fühle ich mich wohl.

Christian, 14 Jahre

Die Geschichte von meinem Heimleben

An meinem ersten Tag, als ich in die Tagesgruppe E. kam, fand ich es am Anfang ganz aufregend. Ich war ein Jahr lang in der Tagesgruppe E. und habe mit ihnen viel erleben können. Wir hatten zusammen mittwochs die Turnhalle zur Verfügung gestellt bekommen. Wir waren auch schon oft in einem Freizeit- oder Tierpark drinnen. Abends, wenn ich aus der Tagesgruppe nach Hause gefahren wurde, war ich ein bisschen froh, dass ich wieder zu Hause sein durfte. Am nächsten Morgen, wenn ich zur Schule gefahren bin, hatte ich sehr viel Spaß mit meinen Freunden. Nachmittags, wenn die Schule aus war, kam einer aus der Tagesgruppe E., um mich abzuholen. Wir sind zusammen noch ein paar andere Kinder abholen gefahren. Als wir in der Gruppe angekommen sind, haben wir zunächst einmal gegessen. Als die Zeit (Mittag) vorbei war, haben wir uns an die Hausaufgaben herangemacht. Wir hatten auch ein paar nette Erzieher dabei, aber auch ein paar, die ich nicht so mochte. Innerhalb von einem Jahr habe ich die Tagesgruppe E. regelmäßig besucht. Es waren auch ein paar Tage, wo ich mit meiner Gesundheit nicht ganz so zurecht kam. Als das Jahr vorbei war, habe ich in eine andere Gruppe gewechselt, die es jetzt aber nicht mehr gibt. Die Gruppe hieß Nikolausgruppe und war in S. Wir haben auch mit der Gruppe Sachsen besucht, es waren zwei schöne Wochen, die wir dort verbringen konnten, aber die letzten zwei bis drei Tage wollten wir an ein Steingewölbe fahren, aber einer meiner Mitkameraden hatte sich dagegengestellt. So konnten wir nicht zu unserem Steingewölbe fahren. In der neuen Gruppe konnte ich mich nicht so gut einleben, denn ich war jeden Tag darüber traurig, dass ich nicht so wie in der Tagesgruppe E. nach Hause fahren durfte. So durfte ich nur einmal im Monat zu meinen Eltern nach Hause fahren. Von der Gruppe wurde ich freundlich aufgenommen Als ich am ersten Tag in die Gruppe kam, kam auch schon wieder eine neue Erzieherin. Mit einem der Erzieher konnte ich mich recht gut befreunden. Wir haben auch immer so getan, als ob wir Feinde wären. Jedesmal den recht unfreundlichen Finger gegeneinander gezeigt. Wenn wir es gemacht haben, hat jeder von uns gelacht, und wir haben uns dann wieder normal begrüßt. Ich habe auch meinen Freund Christian vermisst. Wir sind bis heute immer noch die besten Freunde. Ich wurde auch oft verprügelt, weil die Kinder meinen Charakter und meine Einstellung nicht mochten. Von denen aus der Schule, dem Heim und von denen von außerhalb. Aber dann kam für mich schon wieder eine neue Zeit als Heimkind. Ich wurde in der Andreasgruppe recht freundlich aufgenommen. Die erste Zeit war ich mit Christoph alleine in der Gruppe drin. Es war auch immer so, dass die Kinder aus dem H.-Haus mich geschlagen haben. Es kamen auch wieder neue Kinder in andere Gruppen. Heute ist es so, dass ich zur Zeit bis zu den Sommerferien mit Christoph, Benny, Sven, Markus und Steven noch zusammenleben werde. Die Kinder und Jugendlichen aus dem H.-Haus schlagen mich seit einiger Zeit nicht mehr. Sie lassen mich jetzt sogar mit Baseball spielen. Ich bin nur noch bis zu den Sommerferien in der Andreasgruppe. Die Kinder habe ich mir viel freundlicher vorgestellt. Sie hätten von Anfang an viel freundlicher sein sollen und mich mitspielen lassen sollen. Ich bin vor ein paar Monaten in die Hauptschule K. eingewiesen worden. Dort konnte ich viele Kinder kennen lernen, die außerhalb des Heimes lebten. Ich fand es ganz gut, mit so vielen Kindern zusammen sein zu können. Ich konnte draußen länger spielen.

Sandra, 17 Jahre

Ich weiß gar nicht, wo ich an welchem Punkt in meinem Leben anfangen soll. Ich denke, dass ich mich erst einmal vorstelle.

Mein Name ist Sandra und ich bin 17 1/2 Jahre alt. Als ich am 29. November 1991 ins Kinderheim gekommen bin, war ich gerade mal 8 Jahre alt. Ich weiß noch genau, wie schwer es für mich war, mich von meinem Vater von einem auf den anderen Tag zu trennen. Ins Heim bin ich mit meinem Bruder und meiner Schwester gekommen. Mein Bruder ist mittlerweile 18 1/2 und meine Schwester 24 Jahre alt. Ich habe noch mehrere Geschwister, aber die meisten kenne ich gar nicht. Meine Eltern leben seit 1990 getrennt, und wir drei lebten dann bei meinem Vater. Meine Schwester ist erst später zu uns gekommen. Es wäre besser für uns gewesen, wenn sie gar nicht gekommen wäre, denn durch sie wurde alles viel schlimmer, als wir es uns je gedacht haben!

Am 29. November 1991, früh am Morgen, rief die Polizei bei uns an, ich war am Telefon. Sie fragten mich, ob mein Vater da wäre. Da er noch geschlafen hatte, sagte ich, dass ich ihn erst wecken müsste. Sie meinten daraufhin, dass ich ihn schon mal wecken sollte, sie würden dann gleich bei uns vorbeikommen. Keiner hat damit gerechnet, dass sie uns ins Heim bringen würden, bis sie meinem Vater den Gerichtsbeschluss gezeigt haben. Nach einiger Zeit kamen dann auch Leute vom Jugendamt, die uns ins Heim begleitet haben. Wir fuhren mit ihnen dann von Aachen nach Köln. An dem Heim angekommen, war ich sehr erschrocken. Es sah im ersten Moment für mich aus wie ein Gefängnis. Ich habe ja auch noch nie zuvor ein Kinder-

139

heim gesehen und nur viele schlechte Dinge darüber gehört. Ich kam mit meinen Geschwistern zusammen in eine Gruppe, die gerade neu eröffnet worden war. Mit meiner Schwester teilte ich mir dann für etwa drei Monate ein Zimmer. In der Gruppe waren nicht so viele Kinder. Nur noch ein Mädchen und ihr kleiner Bruder. Das Mädchen heißt Caroline und war damals 9 Jahre alt. Ihr Bruder, Michael, ist zu diesem Zeitpunkt gerade mal vier Jahre alt gewesen. Von nun an lebten wir erst einmal zu fünft mit vier Erziehern in einer Gruppe. In der Gruppe arbeitete ein Ehepaar mit ihrer eigenen Tochter Edith und eben noch zwei weitere Frauen. Das Ehepaar lebte dort selber in der Gruppe. Deren Tochter war gerade mal ein halbes Jahr alt. Die beiden anderen wechselten sich im Dienst immer ab, aber wohnten nicht dort wie das Ehepaar.

Mein Vater durfte uns jeden Monat einmal besuchen kommen. Mein Gott, war das eine Qual für mich! Immer dann, wenn mein Vater sich auf den Weg nach Hause machte, klammerte ich mich immer ganz fest an ihn, so dass er mich kaum von sich lösen konnte. Und ich habe geweint, wie man es sich kaum vorstellen kann. Das war wirklich eine schreckliche Zeit für mich. Zumal es nach jedem Besuch von meinem Vater immer gleich zuging, wenn wir uns wieder verabschieden mussten. Jeden Samstag rief mein Vater an, und das macht er heute immer noch. Besuchen kommt er mich einmal im Monat. Seit etwa zwei Jahren darf ich sogar auch nach Hause fahren und bei ihm schlafen. Ihn zu Hause besuchen darf ich schon seit etwa vier Jahren, aber ich musste dann abends immer wieder zurück ins Heim fahren. Meine Schwester ist mit 17 Jahren ausgezogen, und mein Bruder musste am 31. März 2000 ausziehen. Als er an diesem Tag ausziehen musste, hatte er zwei Tage Zeit, um sich darauf vorzubereiten. Heute lebt er in einer Notunterkunft. Mein Bruder und mein Vater sind die einzigen Personen, zu denen ich noch Kontakt habe. Von den anderen aus meiner Familie möchte ich nie wieder etwas wissen. Meine Mutter habe ich schon seit $11^1/_2$ Jahren etwa nicht mehr gesehen.

Seit sich das Ehepaar (in der Gruppe) vor drei Jahren getrennt hat und die Frau mit ihren Kindern ausgezogen ist, hat sich alles im Heim zum Negativen für mich geändert. Seit sie nicht mehr bei uns arbeitet, wird von uns verlangt, dass wir keinen privaten Kontakt zu ihr haben.

Bei mir wird da doch sehr stark darauf geachtet. Ich bin sozusagen die Einzige, die weiterhin Kontakt zu ihr hat, auch wenn es normalerweise verboten ist.

Ich fahre sie immer heimlich besuchen. Ich meine, was will man sagen? Ich gehe aus dem Haus, ich sage, ich sei in der Stadt, und fahre stattdessen zu ihr. Ich sage mir immer, dass man mir zwar sagen kann, ich dürfte nicht dort hin, aber man kann mir nicht vorschreiben, zu welchen Personen ich Kontakt habe und zu welchen nicht!

Ich habe sechs Jahre lang mit ihr zusammengelebt, und diese lange Zeit kann man nicht einfach so ausradieren! Man verbietet mir den Kontakt zu ihr, mit der Begründung, sie könnte mich beeinflussen. Doch ich kann nur den Kopf schütteln ... Ich kann das Verhalten der »Erwachsenen« im Heim auch gar nicht verstehen. Wenn ich ehrlich bin, will ich das auch gar nicht.

Seit fast einem Jahr gehe ich zur Therapie, und dies ist für mich immer sehr angenehm. Ich gehe dort hin, weil mein Essverhalten seit drei Jahren gestört ist. Die Gespräche mit meiner Therapeutin tun mir, wie schon gesagt, sehr gut, doch wenn ich mit der Stunde bei ihr fertig bin und ich wieder zurück ins Heim muss, geht es mir wieder sehr schlecht.

In dem Heim fühle ich mich mittlerweile sehr eingeengt. In meinem Zimmer wiederum frei. Es ist so, dass ich in meinem eigenen Zimmer, das ich allein bewohne, frei atmen kann, und in der ganzen Gruppe wird mir die Luft wieder genommen.

Das ist wirklich ein schreckliches Gefühl. Nach meiner Schulzeit, die ich im Sommer beenden werde, möchte ich eine eigene Wohnung beziehen, weil es mir einfach besser gehen würde und ich mich besser auf meine Heilung konzentrieren könnte. Doch die Erzieher und die Heimleitung sprechen dagegen. Sie sagen nur, dass man mich mit meiner Krankheit nicht ausziehen lassen würde. Doch die haben gar keine Ahnung, was ich wirklich denke und wie es mir wirklich geht! Aber wieso sollten sie sich dafür interessieren? Sie fragen nicht danach und wollen es, glaube ich, auch gar nicht erst hören. Ich würde ja auch nur negative Dinge über meine Zeit im Heim berichten, und das wollen sie ja verhindern! Natürlich hören die Erzieher mir zu, wenn ich Probleme habe oder etwas in der Schule ist, aber in diesem Punkt fühle ich mich von denen nicht verstanden!

Die Einzige in der Gruppe, die mich wirklich versteht, ist unsere Reinigungskraft. Mit ihr kann ich über alles reden, und sie versteht mich!

Jedenfalls ist das meine Meinung, und die werde ich auch immer so vertreten!

Ich stehe dazu, was ich sage oder schreibe, und das, finde ich, ist doch eine positive Sache.

Dass, was ich jetzt geschrieben habe, ist nicht alles gewesen, was ich aus meinem Leben zu berichten habe, aber wenn ich alles aufschreiben würde, könnte ich mein eigenes Buch veröffentlichen.

Kevin, 8 Jahre

Ich war sieben, als ich hierher gekommen bin. Ich habe eine Schwester, die ist ein Jahr alt, und sie quengelt nur wenig. Ich fühle mich hier wohl.

Hier im Kinderdorf gibt es einen Fußballplatz, und da geh ich sehr oft hin. Hier sind sehr viele Klettergerüste, und wir gehen oft in den Wald und flitschen Steine im Bach. Ich schaukele sehr gerne, aber manchmal regnet es. Dann geh ich rein und spiele Quartett und Monopoly und Mensch-ärgere-dich-nicht. Wenn es aufgehört hat zu regnen, gehe ich wieder raus. Mit meinem Freund Christian spiele ich oft Pokemon.

Jacqueline, 13 Jahre

Mein schlimmstes Erlebnis

Ich war fünf oder sechs Jahre alt und habe mit meinen drei Geschwistern noch bei meinen Eltern gelebt. Es war Nachmittag, und dann kam mein Vater nach Hause. Er hatte auf der Arbeit Ärger gehabt. Er hat sich eine Flasche Wein rausgenommen, hat sie aufgemacht und sie getrunken. Danach hat er geguckt, wo wir alle waren. Meine Brüder und meine Schwester waren im Wohnzimmer am Comiclesen. Und ich war in dem Nähzimmer und habe aus dem Fenster geguckt, wie andere Kinder am Spielen waren. Danach hat unser Vater uns gefragt, wo unsere Mutter wäre. Und dann hat er erst noch die Flasche Wein ausgetrunken. Wir haben geantwortet, dass sie unten in der Waschküche wäre. Dann hat er die Tür aufgemacht und ist mit der leeren Flasche in der Hand nach unten gegangen. In dem Moment ist meine Mutter mit dem Wäschekorb nach oben gekommen, und er war schon ein bisschen betrunken. Dann hat er meine Mutter gesehen und hat sie mit der Flasche auf den Kopf gehauen. Meine Mutter ist rückwärts mit dem Wäschekorb die Treppe wieder nach unten gerollt. Mein Vater ist die Treppe wieder hochgelaufen, hat meiner Schwester das Comic-Heft weggenommen. Danach ist er zu mir ins Nähzimmer gegangen. Draußen kam eine Pferdeparade. Ich hatte sie angeguckt, weil ich Pferde so gerne mag. Er ist von hinten gekommen, hat den Hausschuh ausgezogen und hat mir damit so kräftig auf den Po gehauen, dass ich vom Nähkasten heruntergefallen bin. Meine Brüder hat er im Zimmer eingesperrt.

Eine Frau hatte es gesehen, wie er meine Mutter mit der Weinflasche auf den Kopf gehauen hat. Als sie das gesehen hat, hat sie die Polizei verständigt und den Krankenwagen. Meine Mutter wurde ins Krankenhaus gefahren mit dem Krankenwagen, und wir wurden in ein Kinderheim gesteckt.

Benjamin, 8 Jahre

Ich heiße Benjamin

Hier im Kinderdorf ist es schön. Morgens fahren mich immer die Zivis in die Schule. Und da lerne ich. Wenn ich mittags nach Hause komme, muss ich mich umziehen, und dann gehe ich zum Essen. Danach mache ich Hausaufgaben, und um drei Uhr gehe ich raus und spiele mit Kiwi, das ist mein Freund.

Ich habe drei Brüder und eine Schwester. Mein großer Bruder heißt Maik, er wohnt mit mir hier im Kinderdorf. Meine kleinen Brüder besuche ich alle sechs Wochen. Sie wohnen in einem anderen Kinderdorf. In dem anderen Kinderdorf war kein Platz mehr für Maik und mich, darum sind wir hierher gekommen. Meine Schwester ist in einer Pflegefamilie. Ich habe sie nur einmal in meinem ganzen Leben gesehen.

Weil mein Vater sich mit meiner Mutter gestritten hat, deswegen ist die Polizei gekommen und hat meine Schwester mitgenommen.

Ich möchte gern öfter bei meinen Brüdern und meiner Schwester sein, aber es geht nicht. Aber es ist okay, dass ich meine Brüder sehen kann, und das Kinderdorf ist riesig-riesig-groß.

Ende

Sabrina, 13 Jahre

Mein Wunschtraum

Ja, hallo, hier schreibt Sabrina. Ich bin 13 Jahre alt und komme aus K. Ich wohne in einem Kinderdorf, und es gefällt mir hier eigentlich ganz gut. Meine Hobbys sind reiten, lachen, tanzen, modeln, singen, bei Freunden sein, die Erwachsenen ärgern usw.

Mein Traum ist, später einmal Model oder Sängerin zu werden, nur leider finde ich mich alles andere als fotogen. Und singen, da finde ich mich zwar doch toll, nur wenn ich jetzt zum Beispiel vor der Klasse singen muss, was ich schon öfter gemacht habe, kriege ich immer die Krise, warum, weiß ich auch nicht.

Ich wollte damals bei einem Modelwettbewerb mitmachen, nur leider habe ich die Post zu spät abgegeben. Na ja, ich hätte mich sowieso nicht getraut.

Also, bis dann, und vielleicht hört ihr ja noch mal was von mir, wenn ich berühmt bin.

Eure Sabrina

Nadia, 16 Jahre

Mein Leben im Kinderdorf

Ich heiße Nadia, bin sechzehn Jahre alt und wohne seit neun Jahren in einer Kinderdorffamilie. Im Moment sind wir sechs Kinder und Jugendliche im Haus. Die anderen Kinder sind zwischen sieben und zwölf. Alle zwei Wochen kommen am Wochenende noch zwei Jugendliche dazu, die ihre Ausbildung in einer Jugendaußenstelle absolvieren. Also bin ich die meiste Zeit die Älteste im Haus und habe die meisten Pflichten.

Zum Beispiel »Babysitten«, wenn meine Kinderdorfmutter in die Kirche geht oder mal essen gehen will und kein Erzieher da ist. Die Aufgabe von den Kindern ist es, morgens und abends das Geschirr abzutrocknen. Mittags machen das die Erwachsenen, manchmal melden sich Kinder freiwillig und helfen. Meine Aufgabe ist es, abends den Frühstückstisch zu decken, Tee zu kochen und dafür zu sorgen, dass genügend Brot und Marmelade vorhanden sind. Manchmal tue ich auch meiner Kinderdorfmutter einen Gefallen, zum Beispiel wenn unsere Stundenhilfe krank ist, erledige ich die halbe Arbeit und putze die obere Etage, da wo ich auch schlafe.

Vielleicht sollte ich jetzt etwas darüber schreiben, wie viele Leute über Kinderdörfer denken. Schlecht denken sie ja nicht direkt. Aber sie haben eine falsche Vorstellung. Zum Beispiel denken sie, wir hätten hier sehr strenge Regeln und kaum Taschengeld, so wie das vielleicht früher einmal in Heimen war. Doch die Zeiten haben sich geändert, und ich finde, wir können uns eigentlich nicht beschweren. Viele in meiner Klasse bekommen weniger Taschengeld als ich. Dazu kommt noch Geld für die Kleidung und für Schulmaterial, aber das Kleidergeld ist sehr knapp, denn ein bisschen möchte man ja mit der Mode gehen.

Viele Leute meinen, dass die Erzieher und die gesamte Erziehung bei uns ziemlich streng sind. Doch das kann man so eigentlich nicht sagen, weil 'ne gewisse Strenge sollte ja bei der Erziehung auch dabei sein. Wenn ich an gewisse Kinder hier denke …

Also ich komme mit den Erziehern bei uns im Haus sehr gut klar, denn man kann mit ihnen viel unternehmen, zum Beispiel in öffentliche Konzerte mit älteren Jugendlichen gehen. Einmal bin ich sogar mit einer Erziehern und drei Jugendlichen nach Italien gefahren. Auf dieser Reise hatten wir sehr viel Spaß und waren viel auf Achse.

Im Großen und Ganzen ist es also schön hier, aber ich fände es toll, wenn wir einen Aufenthaltsraum für die Jugendlichen hätten. Dann würden wir uns im Winter nicht immer den Hintern abfrieren, denn man möchte sich ja treffen, sich unterhalten, eine rauchen (denn wer raucht schon gern allein?) …

Wer sich mal einen Einblick ins Kinderdorf verschaffen will: Hier gibt es gute Wohnmöglichkeiten, denn wir haben zwei Gästehäuser. Ich hoffe, wir sehen uns!

Patrick, 14 Jahre

Meine schönsten Erlebnisse

Hi, ich bin Patrick! Ich wohne im Kinderdorf seit neun Jahren. Ich bin vierzehn und spiele gern Computer.

Es gab hier im Kinderdorf mal eine Gruppe, die »Erlebnisgruppe«. Sie bestand aus sechs Jungen und dem Leiter. Mit der Gruppe haben wir gezeltet, in der freien Wildnis. Wir haben außerdem noch eine Radtour nach W. gemacht, 100 km. In W. ist noch ein anderes Kinderdorf. Dort gibt es auch Dominikanerinnen, genau wie bei uns. Diese Radtour war ganz schön und auch lustig. Das Lustigste war: Während wir gefahren sind, ging von Christopher das Rad flöten. Wir haben erstmal Christopher wieder aufgeholfen und dann das Rad repariert.

Wir haben in der Jungengruppe auch über Probleme geredet. Einige Probleme konnten wir lösen, aber andere auch wieder nicht. Am Anfang haben wir uns gestritten, aber nach drei, vier Malen haben wir uns gut verstanden. Das war ein Problem, das wir lösen konnten. Eins, das wir nicht lösen konnten war, dass wir Ärger hatten mit dem anderen Kinderdorf. Die Jugendlichen haben uns geärgert und uns die Würstchen geklaut. Wir konnten nicht rauskriegen, wer sie geklaut hatte, und so konnten wir diese Sache nicht klären.

Unser Leiter hat dann eine Gruppe im Kinderdorf übernommen. Das ist eine Jungen-WG, und er lebt mit ihnen im Haus und ist nicht mehr im ergänzenden Dienst. Deswegen kann er nicht mehr die Erlebnisgruppe machen, so wie er es früher getan hat. Auf der einen Seite finde ich es gut, auf der anderen Seite aber auch doof. Ich finde gut, dass er den Jungen in der WG ein Zuhause angeboten hat, aber ich finde doof, dass es unsere Gruppe nicht mehr gibt, die Erlebnisgruppe. Das hat so viel Spaß gemacht, und ich hatte meine schönsten Erlebnisse da.

Ciao, euer Patrick

Dennis, 10 Jahre

Das Kinderdorf

Hallo, ich bin Dennis und erzähle euch eine Geschichte übers Kinderdorf.

Ich bin hier hingekommen, weil wir bei unserer Mutter nicht mehr leben konnten. Manche stellen sich das Kinderdorf so vor, als ob es ein Kinderheim wäre. Aber das ist es nicht. Es ist für uns Kinder, die nicht mehr bei ihren Eltern leben können, ein schönes Zuhause.

Wir haben immer eine Kinderdorfmutter, die für uns da ist und die dafür sorgt, dass wir ein schönes Zuhause haben. Wir fahren manchmal mit ihr in Urlaub oder auf Freizeiten. So wie dieses Jahr, da fahren wir alle zusammen nach Holland. Insgesamt sind wir zwölf Leute. Davon neun Kinder und drei Erwachsene. Das ist ein ganz schönes Kuddelmuddel.

Wir packen unsere Taschen und stellen sie in den Flur, und wenn man in den Flur kommt, sieht man nur noch lauter Taschen. Heute ist es sehr knapp mit der Zeit, denn wir fahren morgen. Wir stehen um 7 Uhr auf, frühstücken und ziehen uns an. Danach geht's los. Wir fahren ungefähr fünf bis sechs Stunden. Wir fahren mit einem Bulli vom Kinderdorf und dem Auto von Marianne, das ist unsere Kinderdorfmutter. Ich fahre mit dem Bulli mit. Unsere Jüngste fährt auch mit, sie ist 20 Monate. Wir haben in Holland zwei Ferienhäuser gemietet.

Ich freue mich schon auf den Urlaub.
Das war meine Geschichte vom Kinderdorf.
Tschüs,
euer Dennis

Slim, 12 Jahre

Das Heim — oder — Meine Ankunft

An einem Freitag hatte ich zu Hause ziemlich viel Zoff. Es ging so weit, dass meine Mutter in Tränen zu mir sagte: »Wenn Du nicht aufhörst, mich zu ärgern, schicke ich dich ins Kinderheim.«

Aus lauter Wut und Frust habe ich gesagt: »Dann gehe ich eben.«

Mama rief daraufhin beim Jugendamt an und vereinbarte einen Termin für Montag.

Als dann Montag war, fuhren wir schlecht gelaunt zum Kinderheim. An der Pforte mussten wir ca. eine halbe Stunde warten. Als dann eine Sozialarbeiterin durch die Tür getabt kam, wurde mir ganz kribbelich. Ich überlegte mir, wie es hier sein würde. Mir schossen Gedanken durch den Kopf wie Knast, Jugendstrafanstalt bei Wasser und Brot.

Wir gingen gemeinsam durch den langen Flur. Da ich damals noch so klein war, kam er mir riesengroß vor. Als wir das Büro betraten, gab es ein Scheißgespräch. Nach dem Gespräch betraten wir den großen Hof, und ich wurde immer nervöser. Langsam gingen wir den Weg entlang. Dann bogen wir nach rechts. Da war sie nun, die Klingel.

Die Sozialarbeiterin, Frau K., sagte mir, auf welche Klingel ich drücken soll.

Der Name der Gruppe war »Rose«. Hier hatte ich fünf schöne Monate. Bei meinem ersten HPG (Hilfeplangespräch) wurde beschlossen, dass ich in eine 5-Tage-Gruppe komme. Und hier lebe ich seit zwei Jahren glücklich.

Mein Wunsch für die Zukunft ist, mein Leben allein in den Griff zu kriegen.

Krisztina, 16 Jahre

Ich warte und warte
und gar nichts passiert
traurige Gedanken
nichts was glücklich macht, nichts was fasziniert

Der Körper lebt
doch die Seele ist tot
der Verstand entscheidet
es scheint, als wäre Gefühle unterdrücken
das 11. Gebot.

Träume und Wünsche
verschwinden im Schatten des Lichts
Erinnerungen verblassen als wären sie nichts.
Quälen diese Gedanken denn wirklich nur mich?

Warum lachen wir
wenn wir weinen müssten?
Warum bleiben wir still
wenn wir schreien müssten?
Das ist nicht der Weg, den man gehen sollte,
wenn man so sein will, wie man ist

Krisztina, 16 Jahre

Ich verstehe nicht warum,
warum es mir so geht,
warum ich kaum noch lache
und mir mein Leben selber schwerer mache.

Ich hab' Angst vor der Zukunft
Angst, dass ich es nicht schaffe.
Dass mein Leben ganz schnell vorbei ist.
Und ich nichts erreicht hab', wofür mich auch nur
Einer vermisst.

Ich denke oft nach,
weine scheinbar ohne Grund,
denn tief in meiner Seele
ist eine dunkle Leere.

Viele unverheilte Narben
Eine traurige Vergangenheit,
es ist kein pures Selbstmitleid
es ist die beschissene Wahrheit.

Alles begann an einem Montag vor der Schule. Da hat Mama gesagt: »Geh zur Schule!« Darauf habe ich geantwortet: »Nein!« Da musste meine Mama mich mit Anstrengung in die Schule bringen. Das war vor meinem 7. Geburtstag. Nach der Schule bin ich nach Hause gefahren, hatte Hausaufgaben auf und sagte der Mama: »Mach meine Hausaufgaben!« Mama hat tatsächlich meine Hausaufgaben gemacht. Abends um 6.00 Uhr hat Mama mit weinerlicher Stimme gesagt: »Wenn es so weitergeht, habe ich mit dem Jugendamt beschlossen, dass du in eine Tagesgruppe kommst.« Und sie hatte schon alles mit dem JA beschlossen. Am nächsten Tag hat Mama meiner Lehrerin gesagt, dass ich bald eine Abschiedsfeier mache.

Danach sind wir in die Gruppe gefahren, und ich durfte entscheiden, wann ich dahin gehe. Darauf habe ich geantwortet: »Wenn es geht, gleich morgen!« Da habe ich als Erstes einen besten Freund gefunden. Er hieß Joachim. Mit Joachim habe ich sehr viel gespielt, und wir hatten sehr viel Spaß. Ich war fast ein halbes Jahr in der Gruppe Th. Dann bin ich in die Gruppe T. gekommen. Mama hat entschieden, dass es zu wenig ist, wenn ich nur tagsüber im Heim bin. Mama entschied, dass ich ein 5-Tage-Kind werde. Als ich das erste Mal mit Joachim in Gruppe T. war, war es ganz anders als in Gruppe Th.: Zuerst haben wir unsere Zimmer gesehen. In meinem Zimmer stand eine Orgel. Darauf habe ich sehr viel gespielt.

Am nächsten Tag war ich mit Mama und Lydia in der Schule im Direktorzimmer. Da entschieden wir, dass ich zu Frau K. soll. Am nächsten Tag bin ich aufgeregt mit einem Erzieher in meine neue Klasse gekommen. Da hat Frau K. gesagt, dass wir einen neuen Klassenkameraden haben. Und es war sehr schön in der neuen Klasse, am Anfang war ich auch lieb, überall lieb. In der Gruppe habe ich sehr viel gespielt.

Laura, 13 Jahre

Ein Tag in Haus Mosaik

Montag **5.30** Uhr. Mein Wecker klingelt. Oh nein, schon wieder soo früh aufstehen!!!!

(Doofe Schule!) Okay, ich muss doch aufstehen, es nützt alles nichts. Als Erstes muss ich duschen gehen, dann zieh' ich mich an, und um **6.30** Uhr gibt es dann endlich was in meinen leeren Magen.

Ab **6.45** Uhr geht alles ruck-zuck. Zähneputzen, Schuhe anziehen, Ranzen an und los zur Bushaltestelle.

Um **7.05** Uhr kommt mein Bus, mit dem ich dann ca. 25 Minuten nach W. fahren muss, danach kann ich direckt ca. noch mal 8 Minuten zur Schule laufen.

Wenn die 6. Std. vorbei ist, muss ich wieder 8 Minuten zum Bus laufen und wieder ca. 25 Minuten zurückfahren.

14.15 Uhr bin ich dann wieder in Haus Mosaik. Unsere Erzieher (Ätzies) haben dann immer etwas Leckeres auf den Tisch gezaubert. Nach dem Essen geht es dann meistens an die langweiligen Hausaufgaben. Aber nach all dem Stress kommt der Spaß, den wir in Haus Mosaik sehr viel haben. In der Regel geht es bei uns sehr locker ab. Jeden Sommer fahren wir 10 Tage in den Ferien in Urlaub.

In den 10 Tagen machen wir jeweils einen Erzieherverwöhntag und einen Kinderverwöhntag.

Aber zurück zum Alltag. Also, nachmitags unternehmen wir sehr viel. Wir dürfen wegfahren, und noch viele andere Sachen dürfen wir (natürlich gibt es bei uns auch glasklare Regeln.)
Ich glaube, hier fühlt sich jeder pudelwohl. Bis jetzt gab es nach jedem Streit nämlich auch wieder Frieden.

In der Schulzeit gibt es eigentlich so gegen **18.30** Uhr Abendessen. Wenn nach dem Essen alle Dienste erledigt sind, zum Beispiel Wäsche, Spülmaschine, Blumen usw.: Wenn was Gutes im Fernsehen kommt oder wir ein Video haben, dürfen wir es meistens gucken.

Und danach geht es ab in die Kiste, und jeder schläft schnell ein (nach sooo einem langen Tag).

Gute Nacht wünscht euch   Laura

Canan, 8 Jahre

Canans Geschichte

Ich heiße Canan P., und ich bin 8 Jahre alt. Ich habe noch zwei Brüder, Nick und Benedikt. Nick ist 12 Jahre alt und Bene 10. Früher, da wo ich noch klein war, da hat meine Mutter Drogen genommen. Sie hat uns nicht richtig versorgt. Da mussten wir weg von ihr. Ich hab meine Mutter nie richtig kennengelernt, weil ich erst 2 Jahre alt war.

Zuerst war ich im Kinderheim. Als ich drei Jahre alt war, kam ich in das Kinderhaus H. Da hab ich mich richtig wohl gefühlt. Und da gab es auch leckeres Essen, und ich hatte ein schönes weiches Bett. Da hab ich auch die Niegistie kennengelernt. Sie ist 1 Jahr jünger als ich. Wir haben immer schön gespielt. Und da hab ich auch die Sonja kennengelernt und den Asfaha. Der ist Sonjas Mann. Als ich 5 Jahre alt war, da bin ich zu Sonja und Asfaha gezogen. Die haben nämlich dann auch ein Kinderhaus aufgemacht. Wir sind jetzt eine richtige Familie. Und wir sind insgesamt 11 Personen: Asfaha, Sonja, Cynthia, Ena, Nick, Toi, Andrzej, Benedikt, ich, Negistie und Kahasai. Wir haben auch einen Hund, der heißt Mona. Und einen Kater, der heißt Skunkie. Und ein Pferd, das heißt Inka. Am liebsten liebe ich Pferde.

Ich kriege immer am Samstag Taschengeld. Und wir fahren auch meistens im Sommer ins Schwimmbad. Einmal die Woche gehe ich zum Ballett. Ich spiele immer gerne mit Kahasai, meinem kleinen Bruder. Der ist 2 Jahre alt.

Ich amüsiere mich immer, weil ich ein schönes Zuhause hab. Am 3. Juni werde ich getauft. Und wir feiern ein tolles Fest. Ich will jetzt für immer hier bleiben. Und nie mehr zu meiner alten Mama. Jetzt sind Sonja und Asfaha T. meine neue Mama und mein neuer Papa. Ich will auch nicht mehr P. heißen, ich will T. heißen.

Von Canan T.